GABINIE.

TRAGEDIE

CHRETIENNE.

Le prix est de 18. sols.

A PARIS,

Chez PIERRE RIBOU, Quay des
Augustins, à la descente du Pont-Neuf,
à l'Image Saint Loüis.

M. DC. XCIX.

Avec Approbation, & Privilege du Roy.

LE COMTE DAYEN,

Gouverneur des Provinces de Rouſſillon & Berry, &c.

M ONSIEUR,

L'approbation que vous daignâtes donner à ma Tragedie le jour que j'eus l'honneur de vous en faire la lecture, me fit eſperer qu'elle ſeroit bien reçüe du Public. Je n'ay pas eſté trompé dans mon eſperance : Sa repreſentation a eu tout le ſuccés que la juſteſſe de votre goût m'en avoit fait attendre. Les applaudiſſemens qu'elle a eus à

ã ij

EPITRE.

la Cour & à la Ville ont justifié votre jugement;
& c'est ce qui m'a persuadé que vous ne desa-
prouveriez pas la libertée que j'ose prendre de
vous la dédier. Je sçay bien, MONSIEUR,
que c'est plûtost au fond du sujet que j'ay traité,
qu'à la forme que je luy ay donnée, que je dois
l'accueil favorable dont vous avez honoré cette
Piece : le spectacle de la Religion Chrêtienne triom-
phant dans la persecution, & d'un Empereur a-
bandonnant l'Empire, & mis en fuite par la foule
& par la constance des Martyrs, ne pouvoit que
plaire aux yeux de celuy en qui une pieté solide
& hereditaire fait la baze de toutes les autres vertus heroïques dont il est orné, & de tout l'éclat
que luy donne une illustre naissance, & une bril-
lante fortune. C'est encore sans doute, MON-
SIEUR, à ce même triomphe du Christianisme,
que je suis redevable du succés heureux que ma Tragedie a eu dans une Cour, où un Roy selon le cœur
de Dieu, aprés avoir effacé par des actions im-
mortelles les Heros qui l'ont précedé, inspire à
tout le monde un zele religieux, qui le rend aussi
cher aux yeux de Dieu, que ses exploits l'ont
rendu grand aux yeux des hommes. J'apprens,
MONSIEUR, par la dédicace de l'Au-
teur qui m'a fourni le sujet de cette Tragedie, que
la sienne fut autrefois dédiée à ce grand Roy, &
honorée de sa presence. Quelle gloire pour Gabinie, si elle avoit pû aujourd'huy s'attirer encore
un tel Spectateur! Mais elle est trop modeste, pour
oser s'en flater : Quels Spectacles seroient dignes

EPITRE.

d'attirer les yeux d'un Roy, qui attache sur luy
ceux de toutes les Nations?

Quand un Roy, malgré mille obstacles,
Est devenu, par ses travaux divers,
Le Spectacle de l'Univers,
Il n'est plus pour luy de Spectacles.

Pardonnez, MONSIEUR, ces Vers à
l'anthousiasme d'une Muse à qui ils ont écha-
pé, & faites-moy, s'il vous plaît, la grace de
recevoir favorablement l'Ouvrage que je vous of-
fre, comme une marque publique de la passion
respectueuse avec laquelle je suis,

MONSIEUR,

Votre tres-humble & tres obéissant
serviteur. B * *

PREFACE.

JE dois avertir le Lecteur, que j'ay tiré le sujet de cette Piece d'une Tragedie Latine intitulée, SUSANNA, faite par Adrian Jourdain, Jesuite, imprimée à Paris par Mâbre Cramoisy en 1654.

J'ay crû, qu'il me pouvoit estre permis de me servir d'un Ouvrage Latin, fait depuis prés de cinquante ans, à peu prés comme on se sert de ceux des Anciens, quand on veut les mettre sur notre Theatre.

C'est-à-dire que je l'ay traité autrement; que mesme mon dessein est different de celuy de cet Autheur; car il ne s'attache qu'au martyre de Susanne, & je me suis principalement proposé de representer dans ma Tragedie la Religion Chrestienne, s'établissant miraculeusement sans aucun secours humain, malgré les efforts & la rage de Diocletien, que tout le monde sçait avoir esté le plus grand persecuteur des Chrestiens.

Ainsi quoique j'aye imité les endroits qui m'ont paru les plus beaux dans cette Piece, en leur donnant un autre tour, j'en ay retranché plusieurs Personnages, & beaucoup de choses qui ne me paroissoient pas convenables à nos Spectacles, & j'en ay ajoûté

PREFACE.

d'autres qui convenoient à mon deffein, &
qui m'ont fourni de nouvelles fituations,
& une cataftrophe differénte.

Au refte, je n'expofe aux yeux des fpe-
ctateurs, que ce que la Religion Chreftienne
a de grand & de merveilleux, fondé fur des
faits certains, connus de tout le monde,
dont les Hiftoriens mefme profanes font
mention, & que par confequent les liber-
tins ne fçauroient s'empêcher d'avoüer.

J'ay donné à mon Heroïne le nom de Gabinie, que j'ay tiré de celuy de fon Pere;
parce qu'il m'a femblé que celuy de Sufan-
ne, que l'Hiftoire de nos Saints Martyrs
luy donne, n'avoit pas affez de nobleffe
pour le Theatre.

J'ay fuivy l'Hiftoire Sainte & Profane
avec affez de fidelité : il eft certain que Galerius fut affocié à l'Empire par Diocletien :
que Serena femme de Diocletien étoit fe-
crettement Chreftienne : que Galerius fut a-
moureux de la fille de Gabinius, laquelle
étoit Chreftienne, & mourut Martyre à Rome : que la Legion Thebaine fe convertît à
la Foy avec Maurice qui en étoit le Chef :
que cette Legion fouffrit le martyre, & y
fut exhortée par le Pape S. Marcellin : que
Diocletien, aprés 20. ans de regne, aban-
donna l'Empire, & fe retira à Salone en
Dalmatie environ l'an 296. à caufe, dit
Zonare, que le Chriftianifme qui s'établif-

ſoit malgré luy, luy ſuſcitoit trop d'af-
faires.

Enfin il eſt certain, que ce fut peu de
temps aprés, que le grand Conſtantin, qui
avoit appris le métier de la guerre ſous Galerius, fut le premier Empereur Chreſtien,
ſous qui l'Egliſe jouït d'une grande tranquillité, & commença à établir à Rome
avec éclat le Siege de l'Empire de JESUS-
CHRIST: Conſtantin ayant donné au
Pape S. Melchiade, pour ſa demeure, une
maiſon Imperiale qui s'appelloit le Palais
de Latran, avec un Domaine & des reve-
nus convenables pour ſoûtenir honorable-
ment la ſuprême dignité de Chef viſible de
l'Egliſe.

Je n'ay pris d'autre licence, que de rap-
procher un peu de l'action theatrale certains évenemens memorables, qui ſont
pourtant arrivez ſous le regne de Diocletien, & preſque au temps que la fille de Gabinius ſouffrit le martyre.

Je ſouhaiterois, pour la ſatisfaction du
Public, qu'un ſi beau ſujet eût eſté traité par
celuy de nos Poëtes Tragiques qui a aban-
donné le Theatre pour une occupation plus
digne de luy, & dont les écrits m'ont ſou-
vent fait tomber la plume de la main, lorſque je les liſois pour tâcher de les imiter;
mais enfin j'y ay employé tout le ſoin, &
tout l'art dont je ſuis capable; j'ay conſul-

té, suivant le precepte d'Horace, des gens
éclairez, sinceres, & désintereffez ; & j'ay
fuivy exactement leurs avis ; si aprés cela on
y trouve encore des défauts que je n'ay pas
connus ; j'ofe efperer que le Public voudra
bien m'accorder un peu de cette indulgence,
qu'il ne refufe gueres aux premiers Ouvra-
ges de ceux qui ne travaillent que dans le
deffein de luy plaire.

Avant que de finir cette Preface, je dois
dire encore au Lecteur, que si j'ay confenti
qu'on ait mis icy l'Epigramme qu'un de mes
amis a faite fur Gabinie ; c'eft qu'il eft certain, que le jour de fa premiere reprefenta-
tion on vit dans le Parterre deux ou trois
Autheurs, qu'on ne connoîtroit pas, quand
mefme je les nommerois, qui caballoient
ouvertement de tous côtez pour faire tomber
cette Tragedie, & qui en difoient tout haut
eux feuls, ce que le Public a dit de leurs Ou-
vrages, qu'on ne revoit plus fur le Theatre.

EPIGRAMME,

Sur la Tragedie de Gabinie.

Peut-on faire une Tragedie,
Qui sans aucune exception,
Soit de tout le monde applaudie ?
Non : il n'est pas possible : non.
Vous vous trompez, on dit que Gabinie
Plaist généralement à tous les Spectateurs.
Eh ! non : elle déplaist a deux ou trois Autheurs.

Par Mr de P *** Amy de l'Autheur.

EXTRAIT DU PRIVILEGE
du Roy.

PAr Grace & Privilege du Roy, donné à Paris le trentiéme Janvier 1693. Signé, par le Roy en son Conseil, GAMART. Il est permis à THOMAS GUILLAIN, de faire imprimer, vendre & debiter les Oeuvres de Theatre du Sieur P**B** Autheur du Grondeur, pendant le temps de six années consecutives, à compter du jour qu'elles seront achevées d'imprimer pour la premiere fois : Pendant lequel temps tres-expresses inhibitions & défenses sont faites à toutes personnes de quelque qualité & condition qu'elles soient, de faire imprimer, vendre ni debiter lesdites Pieces de Theatre d'autre Edition que de celle de l'Exposant, ou de ceux qui auront droit de luy, à peine de trois mille livres d'amende, de confiscation des Exemplaires contrefaits, & de tous dépens, dommages & interests, & autres peines portées plus au long par lesdites Lettres de Privilege.

Regiſtré ſur le Livre de la Communauté des Imprimeurs & Marchands Libraires de Paris, le quatriéme Avril 1696.

Signé P. AUBOUYN, Syndic.

Achevé d'imprimer pour la premiere fois le 2]. Avril 1699.

ACTEURS.

DIOCLETIEN,   Empereur.

SERENA,   Imperatrice.

GALERIUS,   Associé à l'Empire.

CAMILLE,   Sœur de l'Impera-
                trice.

GABINIUS,   Pere de Gabinie.

GABINIE,   Fille de Gabinius.

MAXIME,   Confident de Dio-
                cletien.

CARUS,   Confident de Gale-
                rius.

PHENICE,   Confidente de Ga-
                binie.

JULIE,   Confidente de Ca-
                mille.

GARDES.

La Scene est à Rome, dans une Salle du
Palais de Diocletien.

GABINIE.

GABINIE,

TRAGEDIE CHRETIENNE.

ACTE PREMIER.

SCENE PREMIERE.

GALERIUS, CARUS.

CARUS.

'Où peut naître, Seigneur, cette sombre
    tristesse,
  Quand vous faites vous seul la publique
    allegresse ?
Quoy ? le jour qu'on vous place au Trône des Césars,
Aux spectacles nouveaux refusant vos regards,
Pour rêver à loisir à votre inquiétude,
Vous venez en ces lieux chercher la solitude ;
Tandis que le Senat, & le Peuple, & la Cour,
Dans la pompe des jeux celebrent ce grand jour ?
GALERIUS.
Ouy, Rome en ce grand jour, en Spectacles abonde ;
Elle voit deux Cesars sur le Trône du Monde ;
Et Diocletien m'élevant jusqu'à luy,
Au souverain pouvoir m'associe aujourd'huy.
Le croirois-tu pourtant ? monté jusqu'à l'Empire,

A

GABINIE,

Il est encore un bien, pour qui mon cœur soupire,
Au faîte des grandeurs, sous un titre éclatant,
Tout Cesar que je suis, je ne suis pas content.

CARUS.

Vous, Seigneur ? Qui jamais a vû, dans moins d'an-
    nées,
Tant de prosperitez l'une à l'autre enchaînées ?
Depuis qu'on voit sous vous voler nos Etendarts,
Nos plus fiers ennemis tremblent de toutes parts :
Par-tout, du nom Romain rétablissant la gloire,
Vous avez à nos pas attaché la victoire ;
Par vous le fier Sarmate obéit à nos loix ;
La Perse a vû tomber le dernier de ses Rois ;
Nos Aigles, devant vous traversant la Sirie,
Ont de leur vol rapide épouvanté l'Asie ;
Et du char de triomphe, au sortir des hazards,
Vous n'avez fait qu'un pas au Trône des Cesars ;
Les Prêtres à l'Autel, & sous d'heureux auspices,
De votre avenement consacrent les premices :
Quel bien peut souhaiter l'heureux Galerius ?
Tout celebre à l'envy vos faits & vos vertus.
On dit même, & ce bruit remplit toute la Ville,
Qu'à vos justes desirs on accorde Camille,
Sœur de l'Imperatrice, & l'objet de vos feux.
Que vous faut-il encor, Seigneur, pour être heureux?

GALERIUS.

Qu'on se trompe aisément, lorsque sans connoissance,
On veut juger d'autruy sur la seule apparence !
Tel souvent, dont par-tout on vante le bonheur,
Porte un poison secret qui luy ronge le cœur.

CARUS.

Cependant vous m'avez daigné dire vous-même,
Que vous aimez Camille ; on sçait qu'elle vous aime ;
Rome approuve ce choix, & vous pouvez, Seigneur,
Vous assurer encor sur l'aveu de sa sœur.

GALERIUS.

Eh ! c'est mon desespoir, puisqu'il faut te le dire,
Pour ce fatal hymen tu vois que tout conspire ;

Que Camille l'attend ; qu'il eſt preſque arrêté ;
Que moy-même autrefois je l'avois ſouhaité ;
Mais . . helas ! . .

CARUS.

Ah ! je voy, qu'à regret infidelle ,
Vous brûlez aujourd'hui d'une flâme nouvelle ;
Et je vous avoüiray, que mon zele indiſeret
Avoit déja, Seigneur, penetré ce ſecret ;
Je n'oſois en parler . . .

GALERIUS.

Le bonheur de ma vie ,
Il eſt vray, cher Carus, dépend de Gabinie.
Lorſque j'aimay Camille, & que j'en fus aimé ,
Je n'avois jamais vû les yeux qui m'ont charmé.
Tu ſçais, qu'en ce tems-là Gabinie & ſon pere
Fuyoient de l'Empereur l'éclatante colere ;
Tu ſçais, que même encore on tient humiliez
Ses parens, ſes amis dans l'exil oubliez :
Mais enfin je la vis ; & mon ame éperdüe,
Se ſentit embraſer à ſa premiere veüe.
Contre elle quels efforts, Carus, n'ay-je pas faits ?
Mais ſes yeux dans mon cœur ont lancé tant de traits,
Que malgré les efforts de ma premiere flâme ,
L'amour de toutes parts eſt entré dans mon ame,
En vain à cet amour, qui flate mon eſpoir,
J'oppoſe ma raiſon , j'oppoſe mon devoir :
En vain pour m'en guerir, Gabinie elle-mêm
Semble affecter exprés une rigueur extrême,
Et chercher des raiſons pour combattre mes vœux ;
Raiſons, rigueur , devoir, tout redouble mes feux.

CARUS.

Et bien, Seigneur , aimez , épouſez Gabinie :
Du ſang de nos Ceſars n'eſt-elle pas ſortie ?
Suivez votre penchant : le Senat , les Romains
N'aprouveront-ils pas que de ſi belles mains
Vous aident à tenir les rênes de l'Empire ?
A quoy bon vous gêner ? Que Camille en ſoûpire,
Que craignez-vous ?

A ij

GALERIUS.

　　　　　Je crains que Camille en fureur,
Dans son juste party ne jette l'Empereur.
Ma puissance aujourd'hui ne faisant que de naître,
(N'en doute point, Carus) il est encor mon maître;
Et déja Gabinie a bien sçû le prévoir.
Elle m'a declaré, qu'un absolu pouvoir,
Un obstacle invincible à mes desirs s'oppose;
Et cet obstacle, helas! Carus, n'est autre chose.
Car enfin mon amour n'a que trop éclaté;
Pourray-je soûtenir mon infidelité?
De mon amour volage excuser le caprice,
Aux yeux de l'Empereur, & de l'Imperatrice?

CARUS.

Mais, Seigneur, voulez-vous, quoy qu'on ait resolu,
Prendre sur l'Empereur un poûvoir absolu?
Suivez sa passion, & secondez son zele,
A détruire par-tout cette Secte nouvelle,
Dont on le voit peut-être un peu trop allarmé,
Et qui le tient sans cesse à sa perte animé.
Je sçay bien qu'ennemy de l'horreur des supplices,
Le sang des malheureux ne fait pas vos delices;
Et que même l'on dit, que ce grand Empereur
Traite des insensez avec trop de fureur:
Mais vous pourrez un jour moderer sa vengeance.
Ainsi, de nos Autels embrassez la défense,
Et hâtez-vous, Seigneur, pour servir son courroux,
De prêter le serment qu'on exige de vous.
D'abord vous le verrez, ravy d'un tel service,
Se declarer pour vous contre l'Imperatrice,
Qui, fiere de son rang, ose avec liberté,
Accuser l'Empereur de trop de cruauté;
Qui, sans considerer, qu'il veut être inflexible,
Voudroit qu'à la pitié, comme elle, il fût sensible,
Et par des sentimens peu conformes aux siens,
L'importune sans cesse en faveur des Chrêtiens.
La voicy.

GALERIUS.
Dieux! rendez son pouvoir inutile.
Elle vient me parler sans doute pour Camille.
Evitons-la.

SCENE II.

SERENA, GALERIUS, CARUS.

SERENA.

Cesar, vous ne me fuiriez pas,
Si vous sçaviez pourquoy j'adresse icy mes pas.
(à part, tandis que Cesar revient du fond du
Theatre.)
Pour sauver les Chrétiens, Ciel! soûtiens mon at-
tente;
Contre ma propre sœur, tu vois ce que je tente.
Tout le monde aujourd'hui n'a des yeux que pour
vous;
Vous voila sur le Trône auprés de mon Epoux;
Et je prens part, Seigneur, à cet honneur insigne,
Que Rome vous défere, & dont vous êtes digne.
GALERIUS.
Ce que Rome, Madame, aujourd'hui fait pour moy,
N'égale pas l'honneur qu'à present je reçoy.
SERENA.
Mais aprés tant d'honneurs que les Peuples vous ren-
dent,
Vous sçavez bien, Cesar, de vous ce qu'ils attendent:
L'Empereur, que je viens d'informer de vos feux,
Y consent, & j'en fais le plus cher de mes vœux.
GALERIUS.
Madame, permettez que j'ose vous le dire;
Nos premiers soins sont dûs au repos de l'Empire:
Calmons plûtôt les maux que les guerres ont faits.

Quand Rome goûtera ce fruit de nos bienfaits,
J'y penseray, Madame; & toute mon envie...

SERENA.

Et si je vous parlois, Seigneur, de Gabinie,
M. demanderiez-vous du tems pour y penser?

GALERIUS.

Ah, Madame! sur quoy vous-même me presser?
Je voy qu'on vous a dit le feu qu'elle a fait naître;
Je ne m'en défens point: je n'en suis plus le maître;
Malgré ma resistance, elle a surpris mon cœur,
Et je cherche à le rendre encore à votre Sœur.

SERENA.

Et moy, Cesar, je veux qu'un sacré nœud vous lie,
Dés demain, s'il se peut, & vous, & Gabinie.

GALERIUS.

Madame... vous voulez éprouver un Amant.

SERENA.

Non; ie ne sçus jamais trahir mon sentiment:
Je préfere à mon sang le bien de la patrie.
J'estime & je cheris Camille & Gabinie:
Mais, pour executer les desseins que j'ay faits,
Gabinie est plus propre à remplir mes souhaits:
D'ailleurs, de trop d'amour votre ame est embrasée;
Et j'aurois à rougir, si ma Sœur méprisée,
S'exposoit quelque jour, offensant vos regards,
A l'affront du divorce ordinaire aux Cesars.
L'Empereur y consent: je viens de vous l'apprendre;
De Rome, du Senat vous pouvez tout attendre;
Du Peuple, des Soldats vous êtes adoré:
Et pour Gabinius, il est trop honoré,
Que vous fassiez rentrer aujourd'huy sa famille
Dans le rang des Cesars, en épousant sa fille.

GALERIUS.

Ah! que ne dois-je pas, Madame, à vos bontez!
Ouy, vous mettez le comble à mes felicitez.
J'ay cru trouver en vous ma plus grande ennemie;
Et vos soins obligeants m'assurent Gabinie.
Mais, Madame, oseray-je icy vous informer.

D'un scrupule importun qui me vient allarmer?
Elle m'a declaré, de mes feux étonnée,
Qu'elle ne me pouvoit jamais être donnée ;
Qu'un obstacle invincible à recevoir ma foy ,
Ne luy permettoit pas de s'unir avec moy ;
Et cet obstacle, en vous j'ay cru le reconnoître.
Puisque ce ne l'est pas , que pourroit-ce donc être?

SERENA.

Ce qu'elle vous a dit ne doit pas vous troubler :
Contentez-vous , Cesar , que je n'ay qu'à parler ;
Et mes soins leveront l'obstacle qui vous gêne.
Je me charge de tout , cessez d'en être en peine ,
Gabinie est à vous ; & même dés demain.
Assurez-vous du cœur , je répons de la main.

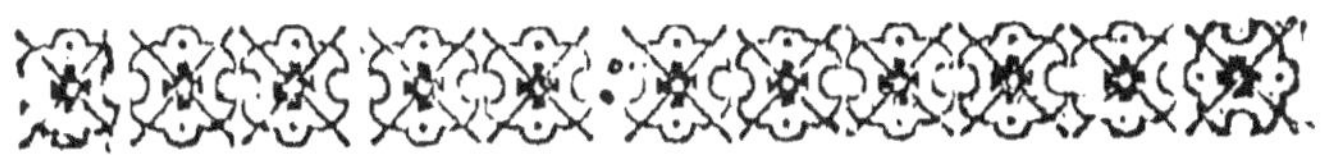

SCENE III.

CAMILLE , SERENA , GALERIUS, CARUS, JULIE.

CAMILLE.

MAdame , sçavez-vous ce que je viens d'appren-
dre ?
On fait courir des bruits , que j'ay peine à com-
prendre.
On dit que Cesar songe à faire un autre choix ;
Ces bruits injurieux nous offencent tous trois.
Cependant , bien qu'ils soient hors de toute appa-
rence ,
Le Peuple les répand : imposez-luy silence ;
Seigneur , & défendez qu'on parle ainsi de vous.

GALERIUS

Le Peuple aime à parler , Madame ; & c'est à nous
A mépriser les bruits qu'il se plaît à répandre ;

Le rang que nous tenons, loin de nous en défendre,
Nous livre à leurs discours.

CAMILLE.

Ah, Seigneur ! quelquefois
La pure verité s'explique par leur voix;
Et souvent le Ciel même, à leur voix favorable,
Fait que ce qu'elle a dit se trouve veritable.
Je sçay bien que je crains avec peu de raison;
Et de vous je ne puis avoir un tel soupçon;
Je n'ose le penser: mais enfin je confesse
Qu'en secret, dans ces bruits ma gloire s'interesse.

GALERIUS.

Madame, eh bien ?

SERENA.

Cesar, je sçay vos sentimens;
Je dois vous épargner ces éclaircissemens:
Je sçay d'où vient le bruit, qu'on répand dans la
Ville,
Et tantôt en secret j'en instruiray Camille.

CAMILLE.

Mais cependant, Seigneur, pour le voir arrêté,
Informez le Senat de votre volonté:
Rome sçait votre choix, faites qu'on le publie;
Que je n'entende plus parler de Gabinie.

GALERIUS.

Madame... nous devons mieux prendre notre tems:
Le Senat occupé par des soins importans...

CAMILLE.

Je vous entens, Madame, helas ! je suis trahie;
Il est vray, l'infidelle adore Gabinie:
Ses regards inquiets, son air embarassé,
Son excuse frivole, & son discours glacé,
Enfin tout me le dit. A quoy bon nous contraindre?
Oseriez-vous penser, que je daigne m'en plaindre?
Ou que je puisse icy, ravalant ma fierté
Jusqu'à vous reprocher votre infidelité,
Oublier qui je suis, & manquer à ma gloire?
Vous me connoissez mal, si vous le pouvez croire.

GALERIUS.

Et bien, Madame, & bien, une cruelle loy,
Puisqu'il faut l'avoüer, m'entraîne malgré moy :
Ce qui redouble encor le remord qui me presse,
C'est de voir que votre ame exemte de foiblesse,
Et par les sentimens d'une haute vertu,
Soûtient tranquillement . . .

CAMILLE.

Perfide ! le crois-tu ?
Je ne puis plus long-temps me faire violence,
Mais c'est à vous, Madame, à vanger mon offence.

SERENA.

A cet indigne éclat abbaisser votre cœur,
Camille ? oubliez-vous que vous êtes ma sœur ?
Je veux seule à Cesar parler en confidence ;
Mais icy l'Empereur donne son audiance ;
Seigneur, passons chez moy . . . Ma sœur, dans un
    moment,
Vous pourrez me revoir dans mon appartement.

SCENE IV.

CAMILLE, JULIE.

CAMILLE.

IL me quitte, il me fuit. Ah ! ma chere Julie,
Son cœur, son traître cœur est tout à Gabinie :
Et moy je le cherchois : je venois prés de luy,
Me consoler des bruits que causoient mon ennuy ;
Et quand je m'attendois d'en estre rassurée,
Par luy-même j'aprens que ma perte est jurée ;
Et dans un même jour, Ciel ! qui me l'auroit dit ?
Mon Amant m'abandonne, & ma Sœur me trahit,
Et bien ! c'est donc à moy de vanger mes offenses :
Perfide ; c'en est trop : redoute mes vengeances ;

L'Empereur, le Senat, tes Gardes, tes Soldats,
Le Trône des Cesars ne t'en défendra pas ;
Tremble: ou si ma puissance à la tienne inégale,
T'empêche de trembler, tremble pour ma rivale.

JULIE.

Madame, la voicy : songez à l'éviter.

CAMILLE.

Sortons, je ne pourrois m'empêcher d'éclater.

SCENE V.

GABINIE, PHENICE, CAMILLE, JULIE.

GABINIE rencontrant Camille en fureur.

Madame, pardonnez ; je vois que ma presence
Vous fait icy peut-être un peu de violence ;
Je venois, en suivant des ordres absolus,
Attendre l'Empereur.

CAMILLE.

Dites Galerius.

GABINIE.

Avant la fin du jour, vous me rendrez justice ;
Je vay l'attendre ailleurs, & voir l'Imperatrice :
Adieu, Madame.

CAMILLE en sortant.

Allez : on y parle de vous.

GABINIE.

Je merite pas cet injuste courroux.

SCENE VI.

GABINIE, PHENICE.

GABINIE s'arrêtant à la porte de l'Impe-
ratrice, & revenant.

ON y parle de moy ! Demeurons ; j'apprehende,
Phenice, que Cesar chez elle ne m'attende.
Je le dois éviter, & tu sçais bien pourquoy,
Puisque je n'eus jamais rien de secret pour toy.

PHENICE.

Ainsi, Madame, en vain l'Imperatrice espere
De donner aux Chrêtiens un appuy salutaire ;
En vain elle prétend établir cet appuy,
Sur l'amour que Cesar a pour vous aujourd'huy ;
Depuis qu'elle a trouvé Camille opiniâtre
A vouloir demeurer dans un culte idolâtre,
Aprés avoir sans fruit fait tenter tant de fois,
A luy faire embrasser la plus sainte des loix.
Pour moy, si j'ose icy dire ce que j'en pense,
Puisque vous m'honorez de votre confidence,
J'aurois crû que le Ciel, pour vous unir tous deux,
Vous ouvroit un chemin favorable à vos vœux ;
Car enfin si Cesar …

GABINIE.

Ah ! ma chere Phenice,
Qu'oses-tu soupçonner ? rend-moy plus de justice.
Maîtresse de mon cœur, depuis qu'il est Chrestien,
Un autre amour m'enflâme & triomphe du sien.
Tu ne me verras pas un moment combattuë ;
Je ne crains plus Cesar, mais je dois fuir sa vûë.
Je devois l'éviter, lorsque victorieux,
Au retour de l'Asie il parut à mes yeux.

Tu sçais qu'encore alors, loin de Rome exilées,
Nous étions toutes deux du faux culte aveuglées :
Narcez, Roy des Persans assiegeoit nos remparts,
Et déja sur les murs plantoit ses étendats :
Tout trembloit, quand de loin nous vîmes dans la
      plaine,
Sur le Camp de Narcez fondre l'Aigle Romaine :
C'étoit Galerius ; & tu vis quel revers
Mit en ce jour la Perse, & son Roy dans nos fers.
Galerius me vit, Phenice, il sçut me plaire :
Il fléchit l'Empereur en faveur de mon pere ;
Nous partîmes pour Rome, où quittant les faux
      Dieux ;
Le sacré Marcellin nous dessilla les yeux.
Galerius encore ignore ma tendresse ;
Je n'ay pû m'en guerir, mais j'en suis la maîtresse ;
Et c'est ce même amour qui me fait refuser
Ce que l'Imperatrice ose me proposer.
Elle prétend en vain, qu'en secret, & comme elle,
Pour servir les Chrestiens j'épouse un Infidele :
Mais aux maux qu'elle craint le Ciel sçaura pourvoir;
Je veux le laisser faire, & suivre mon devoir.
Ouy, fuyons l'Empereur, fuyons l'Imperatrice :
Plûtôt que de ceder, tu me verras, Phenice,
Au Dieu que nous servons, immoler en ce jour,
Avec un Trône offert, ma vie, & mon amour.

Fin du premier Acte.

ACTE II.

ACTE II.

SCENE PREMIERE.

DIOCLETIEN, GALERIUS, GABINIUS, MAXIME.

DIOCLETIEN à *Maxime.*

Viendra-t-elle ?

MAXIME.

Ouy, Seigneur ; par moy-même avertie,
Déja l'Imperatrice a mandé Gabinie ;
Elle vient de paſſer dans ſon appartement,
Et doit ſe rendre icy, Seigneur, dans un moment.

DIOCLETIEN à *Galeriuſ.*

Pour votre auguſte hymen je veux que tout s'ap-
preſte.

(à *Maxime.*)

Vous, allez pour demain en publier la fête.

E

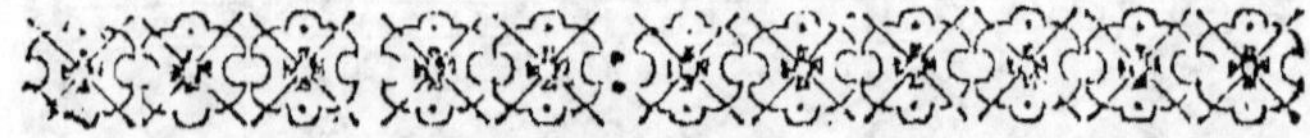

SCENE II.

DIOCLETIEN, GALERIUS, GABINIUS.

DIOCLETIEN *à Gabinius.*

SI j'ay fait un tel choix, c'est en votre faveur.

GABINIUS.

Je ne m'attendois pas à cet excés d'honneur.

DIOCLETIEN.

Votre fille est d'un sang que par-tout on revere ;
Sa beauté, ses vertus, les services du Pere,
Et l'amour de Cesar, enfin tout m'a porté
A tourner aujourd'huy mon choix de son côté.
Je l'attens sur le Trône où son Amant l'appelle :
Elle est digne de luy, comme il est digne d'elle :
Demain Rome verra couronner leur amour ;
Donnons à d'autres soins le reste de ce jour.

     (à Galerius.)

   Si j'ay ceint votre front du sacré Diadême ;
Si j'ay mis en vos mains la puissance suprême ;
Vous l'ayez merité, Cesar, par vos hauts faits,
Et de tout l'Univers j'ay rempli les souhaits :
Il croit revoir sous vous Rome encor triomphante ;
C'est à vous maintenant à remplir son attente.
Jamais tant d'ennemis : mais le moins craint de tous
Porte au cœur de l'Etat les plus dangereux coups.
Aux yeux de tout le monde il paroît méprisable ;
Mais pour moy, je le tiens d'autant plus redoutable,
Qu'attaquant nos Autels, je luy voy sourdement
De l'Empire & des Loix saper le fondement.
Celuy qui le premier se forma cette idée,
Séduisit un vil peuple au fonds de la Judée.

Auguste le vit naître, & ne le craignit pas;
Tibere vit sa mort : mais aprés son trépas,
Comme s'il étoit vray de luy ce qu'on publie,
Qu'il eût dans son tombeau repris une autre vie,
Il eut des sectateurs ; & ces audacieux
Se vantent d'abolir nos Autels & nos Dieux.
Ils ont, pour s'en flater, dit-on, certains Oracles,
Et leurs enchantemens passent pour des miracles.
   Un seul pourtant m'étonne : une invisible main
Semble les soûtenir contre tout ordre humain.
Je ne voy point leurs bras s'armer pour leur défense :
Fidelles à l'Etat, soumis à ma puissance,
Pour l'honneur de leur Secte ils aiment à souffrir ,
Et même, pour l'accroître, ils cherchent à mourir :
Je les mépriserois ; mais ce qui m'épouvante ,
C'est de voir le succés répondre à leur attente.
Ouy, Cesar, plus la flame, ou le fer en détruit,
Et plus, certain Démon d'abord en reproduit.
J'en purge en vain les champs, les deserts, & les villes;
Leur sang versé par-tout, rend leurs cendres fertiles ;
Et mes propres bourreaux , employez vainement,
De leur secte à mes yeux jettent le fondement.
Leur puissance s'accroist , s'établit par la mienne,
Et par mes propres mains Rome se fait Chrétienne.
Mais j'en ay fait serment, & je le garderay ;
Je quitteray l'Empire, ou je les détruiray :
Quoy ! Rome n'aura donc, par les droits de la guerre,
Etendu son pouvoir jusqu'aux bouts de la terre,
Répandu tant de sang , employé tant de bras,
Détrôné tant de Rois , renversé tant d'Etats,
Bâti, de leur débris , la grandeur qu'on admire ,
Que pour voir aux Chrétiens transporter son Empire?
Non, non, il faut, Cesar, les détruire en tous lieux,
Et vanger à la fois notre Empire & nos Dieux.

GALERIUS.

Ce que je dois, Seigneur , aux Dieux , à la Patrie,
Fera toujours le soin le plus cher de ma vie.

DIOCLETIEN.

Pour ne perdre jamais ce jufte fentiment,
Rome exige de vous le fecours du ferment :
Le pouvoir fouverain, qu'avec vous je partage,
En dépend ; en un mot ce ferment vous engage
A condamner par tout, fans pitié de leur fort,
De quelque rang qu'ils foient, les Chrétiens à la mort.
Pour les tenir en crainte, & contenter ma haine,
Je tiens dans Rome exprés la Legion Thebaine,
Et vous la trouverez, pour hâter leurs tourmens,
Toujours prête à voler à vos commandemens.
On nous attend au Temple, où ce ferment terrible
Va rendre à la pitié votre ame inacceffible ;
A la face des Dieux il doit être prêté ;
Notre augufte Senat l'a luy-même dicté.

GALERIUS.

Trop honoré, Seigneur, de fuivre votre exemple,
Mon cœur impatient brûle d'aller au Temble ;
Refolu d'immoler, pour vanger nos Autels.
Tous les Chrétiens du monde à nos Dieux immortels.

SCENE III.

SERENA, GABINIE, PHENICE, DIOCLETIEN, GALERIUS, GABINIUS.

DIOCLETIEN *embraffant Galerius.*

Veuille le jufte Ciel, fecondant votre zele,
Exterminer enfin cette Secte infidelle !
Et plus heureux que moy, quelque jour puiffiez-vous
Voir le dernier Chrêtien expirer fous vos coups !
　　　(à l'Imperatrice.)
Pour prêter le ferment que Rome veut prefcrire

A tous ceux qu'à prefent elle éleve à l'Empire,
Le Souverain Pontife attend Galerius;
Vous cependant, Madame, avec Gabinius,
A l'hymen de Cefar difpofez Gabinie,
Ordonnez-en la pompe & la ceremonie;
Et que Rome, en faveur de ce jour bien-heureux,
Recommence par-tout fes fêtes & fes jeux.
Allons, Cefar.

SCENE IV.

SERENA, GABINIE, GABINIUS, PHENICE.

SERENA.

EH bien ! vous venez de l'entendre :
C'en eft fait, Gabinie, il eft temps de vous rendre ;
L'orage qui groffit va bien-tôt éclater,
Par l'horrible ferment que Cefar va prêter.
Mon trop barbare Epoux, lorfque l'âge le glace,
Las de perfecuter, luy fait prendre fa place.
Prenez la mienne. Helas ! autant que je l'ay pû,
J'ay contre fes fureurs fans ceffe combattu :
Mais enfin fur fon cœur je fens mon impuiffance;
Mon regne va finir, & le vôtre commence;
Vous pourrez fur Cefar, ce que j'ay pû fur luy ;
Quand je manque aux Chrétiens, prêtez-leur votre
    appuy :
Surmontez les raifons dont votre ame s'étonne ;
Songez, en l'époufant, que le Ciel vous l'ordonne;
Qu'il attend ce fecours de vos jeunes attraits.

GABINIE.

Moy, Madame! au mépris des fermens que j'ay faits
De fuir l'engagement d'un époux Infidelle,

Envers nos saintes Loix me rendre criminelle !
Dans l'espoir incertain d'empêcher de perir
Ceux que le Ciel, sans nous, sçaura bien secourir ;

SERENA.

Ouy : mais il veut souvent que ses ennemis mêmes
Soient les executeurs de ses ordres suprêmes :
La foudre va partir, le danger est pressant :
Songez combien de peuple, en secret gemissant,
Tout prêt d'être égorgé, dans ses tristes allarmes,
Presente au Ciel ses vœux, ses soûpirs, & ses larmes ;
Que de sang va couler, si par un prompt secours,
Des persecutions vous n'arrêtez le cours !

GABINIE.

Vous ne me dites rien, mon Pere ?

GABINIUS.

Helas ! que dire ?
Vous perdez les Chrêtiens en refusant l'Empire ;
Et si vous consentez à ce glorieux choix,
Pour sauver les Chrêtiens, vous violez leurs Loix.
J'ose dire encor plus ; Galerius vous aime :
Mais tout Cesar qu'il est, Galerius luy-même,
Quand de votre serment vous briserez les nœuds,
Et que vous répondrez au plus doux de ses vœux ;
Luy-même, trop lié d'un serment execrable,
Ne sçauroit aux Chrêtiens se rendre favorable ;
Il se perdroit sans doute, adoucissant leur sort.
Esclave du serment qui les livre à la mort,
Il se verra forcé, par un pouvoir suprême,
De tout sacrifier, vous, moy, ma fille même.

SERENA.

Non, vous connoissez peu le foible des Amans.
L'amour fait violer les plus sacrez sermens ;
Et les Dieux que Cesar va jurer dans leur Temple,
De sermens violez luy fourniront l'exemple.
Le sacré Marcellin, l'Oracle des Chrêtiens,
De votre engagement peut rompre les liens.
Voyez l'idolatrie en tous lieux triomphante,
Et la verité sainte à ses pieds gemissante,

Cachant au fond des bois, & dans l'obfcurité,
De fes Myfteres faints l'augufte majefté ;
Le Monarque des Cieux, fans Temples fur la terre,
Et les triftes Chrêtiens, à qui tout fait la guerre,
Chaffez de toutes parts, haïs, perfecutez,
N'ofant lever les yeux, en efclaves traitez ;
Sans qu'il leur foit permis, dans leur fombre mifere,
D'adorer en plein jour l'Auteur de la lumiere :
Ah ! lorfque vous pouvez feule les fecourir,
Sans pitié, fans regret, les verrez-vous perir ?

GABINIE.

Moy, Madame ! Mon Pere, helas ! que dois-je faire ?

GABINIUS.

Ma fille, je me rends, lorfque je confidere
Quel feroit le courroux d'un Amant Empereur,
Dont l'amour méprifé fe changeant en fureur,
Verroit, pour expier cette mortelle offenfe,
Tous les Chrêtiens du monde en proye à fa ven-
　　　geance ;
Et fa main, qui fur eux ne peut que fe vanger,
Peut-être en l'acceptant, voudra les proteger.
Quelle gloire pour vous, fi vos foins fecourables
Adouciffent les maux de tant de miferables,
Et que Cefar, par vous au Seigneur amené,
Soit le premier Chrêtien qu'il aura courronné ?
Ses Oracles l'ont dit : Notre Rome Payenne,
Sous des Cefars Chrêtiens un jour fera Chrêtienne ;
Et toujours fouveraine, en changeant de fplendeur,
Verra les Nations reverer fa grandeur.
C'eft ce que nos malheurs doivent enfin produire,
Et ce jour, ce grand jour, ma fille, eft prêt à luire :
Ne refiftez donc plus à donner votre main.
Si Dieu l'a refolu, vous refiftez en vain.

GABINIE.

Eh bien, vous le voulez, il faut que j'obéïffe
Aux volontez d'un Pere & d'une Imperatrice ;
Pourvû que Marcellin, que j'iray confulter,
Me remette en état de les executer.

SERENA.

Attendez donc Cesar : commencez un ouvrage,
Qui des maux que je crains diſſipera l'orage,
J'en répons : Cependant, Seigneur, allons pourvoir
Aux apprêts d'un hymen qui fait tout notre eſpoir.

SCENE V.

GABINIE, PHENICE.

PHENICE.

L'Interêt des Chrêtiens enfin vous a vaincuë,
Madame, à leurs raiſons vous vous êtes renduë.

GABINIE.

Ouy, pourvû que Cesar... Je ne m'explique pas :
Tu trembleras pour moy, lorſque tu le ſçauras.
Ne crois pas qu'avec luy, mon cœur d'intelligence,
Cede à l'appas flateur d'une douce eſperance ;
J'ay de plus grands deſſeins, Phenice ; enfin je veux
Ou ſauver les Chrêtiens, ou perir avec eux.

PHENICE.

Juſte Ciel !

GABINIE.

Si j'oſois te dire ma penſée :
Je vay dans ton eſprit paſſer pour inſenſée ;
Mais enfin nous touchons à ce jour fortuné,
Que le Ciel nous promet un Chrêtien couronné ;
Et, mon Pere l'a dit, ce jour eſt prêt à luire :
Ah ! par quel doux eſpoir me laiſſay-je ſeduire !
Je croy preſque, Phenice, en voyant ſes vertus,
Que cet heureux Chrêtien ſera Galerius.
Je te laiſſe trop voir juſqu'où va ma foibleſſe ;
Ne crois pas que ce ſoit l'effet de ma tendreſſe ;
Attens, pour en juger, que je quitte ces lieux ;
Laiſſe venir Cesar, tu me connoîtras mieux.

PHENICE.

Avant que de le voir , ouvrez plûtôt , Madame ,
Au sage Marcellin les secrets de votre ame.
Tout le monde est au Temple , & vous pouvez sans
      bruit ,
Pour l'aller consulter , profiter de la nuit.
Dans ce Palais desert que prétendez vous faire ?
Déja le jour qui fuit à peine nous éclaire ;
Cesar viendra , suivi d'une nombreuse Cour ,
Fatigué du tumulte & des soins de ce jour ;
Peut-être n'est-il pas encor prêt à s'y rendre ,
Et sans témoins , ce soir ne pourra vous entendre :
Madame , croyez-moy , differez à demain.

GABINIE.

Eh bien , commençons donc par revoir Marcellin ;
Allons.

PHENICE.

Camille sort de chez l'Imperatrice.

GABINIE.

La nuit nous favorise , évitons-la , Phenice.

SCENE IV.

CAMILLE, JULIE.

CAMILLE.

Julie , as-tu compris ses frivoles raisons ?

JULIE.

Ce qu'elle vous a dit confirme mes soupçons.

CAMILLE.

Cruelle sœur , helas ! que viens-tu de me dire ?
Quels malheurs prévois tu ? la perte de l'Empire ?
Mais quoy de plus affreux à mes tristes regards ,
Que ma Rivale assise au Trône des Cesars ,

Et d'un ingrat que j'aime, à mes yeux adorée,
Tandis que je serois seule defesperée ?
Quel charme l'a seduit ? quel Démon en ce jour
Brise tous les liens du sang & de l'amour ?
Julie, c'en est fait, je ne veux plus l'entendre.
Mais, toy-même, dis-moy, que voulois-tu m'ap-
        prendre ?

JULIE.

Madame, Gabinie en secret ce matin,
A consulté long-temps le Chrétien Marcellin.

CAMILLE.

Le Chrétien Marcellin, Ciel ! consulté par elle !

JULIE.

Ceux-mêmes qui l'ont vû, m'ont dit cette nouvelle.
C'est celui des Chrétiens, vous le pouvez sçavoir,
Dont la noire science a le plus de pouvoir.
On ne peut l'arrêter, quoyque l'Empereur fasse ;
Et je croy seurement, voyant ce qui se passe,
Que pour rompre aujourd'huy les plus sacrez liens,
Gabinie a recours aux charmes des Chrétiens.
Ouy, ce prompt changement, s'il faut que je m'ex-
        plique,
Ne peut être l'effet que d'un charme magique :
Les Chrétiens l'ont donné : son funeste poison
A changé tous les cœurs, & troublé leur raison ;
Rome voit tous les jours, qu'à la force terrible
De leurs enchantemens, il n'est rien d'impossible.
Tantôt, en un instant, nous leur voyons guerir
Ceux que tout l'art humain ne peut plus secourir,
Et tantôt, en des yeux fermez dés la naissance,
Des organes éteints reparer l'impuissance.
Des temps & des saisons ils renversent les loix ;
La nature tremblante obéït à leur voix,
Tout leur cede : la mort, qui n'écoute personne,
Relâche de ses droits, quand un Chrétien l'ordonne :
Ouy, puisque Gabinie a pû les consulter...

CAMILLE.

Ah ! Julie, il suffit : je n'en sçaurois douter.

Voila donc ton pouvoir , odieuſe rivale !
Tu m'oppoſes en vain la puiſſance infernale.
Les témoins qui l'ont vû, ne pourront le celer :
Allons : je veux les voir , & les faire parler.
D'autres chez Marcellin auront vû Gabinie ;
Si je puis l'en convaincre , il y va de ſa vie :
Allons creuſer à fonds un ſi noir attentat ;
Je veux l'en accuſer moy-même en plein Senat ;
Et ſi, pour la ſauver , le traître qui m'offenſe,
Oſe malgré ſon crime, embraſſer ſa défenſe ;
Aux charmes des Chrêtiens , qui troublent ſa raiſon ;
J'oppoſeray le feu , le fer & le poiſon.

Fin du ſecond Acte.

ACTE III.

SCENE PREMIERE.

GABINIUS, GABINIE, PHENICE.

GABINIUS.

NOus sommes découverts; la superbe Camille
Souleve contre vous le Senat & la Ville;
Elle a certain secret, dit-elle, à reveler,
Et ce n'est qu'au Senat qu'elle prétend parler.
Mais, ma fille, bientôt nous allons tout apprendre,
Puisque l'Imperatrice en ce lieu doit se rendre;
Et sans doute elle veut nous en entretenir,
Puisqu'icy l'un & l'autre elle nous fait venir.
Dans le temps que Cesar vous appelle à l'Empire,
Contre vos jours, helas ! peut-être l'on conspire,
Et je crains justement, qu'un funeste retour
Ne change en triste deüil la pompe de ce jour.

GABINIE.

Je quitteray sans peine, & l'Empire & ma vie;
C'est ce que de moins cher à Dieu je sacrifie;
Il le sçait : à ses yeux on ne peut rien celer,
Et je suis préparée à luy tout immoler.
Qu'on me cite au Senat, je suis prête à répondre;
Camille n'aura pas de peine à me confondre,
Et je vous avoüeray, Seigneur, qu'avec reget,
On me fait consentir de garder le secret.

Que

Que craignons-nous ? parlons, confeſſons qui nous
    ſommes.
Quand on ſert le vray Dieu, doit-on craindre les
    hommes ?
Le menſonge ſe doit couvrir d'obſcurité ;
Mais on doit faire au jour briller la verité.

PHENICE.

On vient.

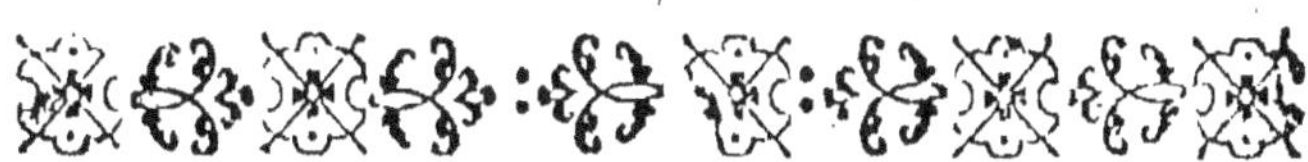

SCENE II.

SERENA, GABINIUS, GABINIE, PHENICE.

GABINIE.

EH bien, Madame, il n'eſt plus temps de
    feindre ;
Nous ſommes découverts.

SERENA.

           J'avois lieu de le craindre ;
Et, prête à voir la foudre éclater à mes yeux,
J'allois me déclarer, & braver les faux Dieux ;
Mais j'ay tout ſçu : Camille a rompu le ſilence ;
On n'a de nos ſecrets aucune connoiſſance :
L'on dit, que par un charme emprunté des Chrêtiens,
Vous avez attiré Ceſar dans vos liens ;
Voila ce qu'au Senat ma Sœur vouloit apprendre ;
Mais j'ay ſçû qu'il avoit refuſé de l'entendre.
Ainſi rien ne s'oppoſe à nos premiers deſſeins,
Et la cauſe du Ciel eſt encore en vos mains.
Vous allez voir Ceſar : il vous cherche, & j'eſpere
Qu'avec luy vous prendrez un conſeil ſalutaire.

GABINIE.

J'aurois crû, qu'il ſeroit pour nous plus glorieux,
D'aller nous déclarer ennemis des faux Dieux ;

C

Cependant j'ay promis; je ne puis m'en défendre,
Madame, à vos conseils je suis prête à me rendre.
Je ne vous tairay point, que je prétends sçavoir,
Sur le cœur de Cesar quel sera mon pouvoir;
Car enfin il sçaura comme il faut qu'il m'obtienne:
Je porte un cœur Romain dans une ame Chrétienne;
Il ne me juge pas indigne de sa foy;
Et je sçauray dans peu, s'il est digne de moy.

SERENA.

Cachez-luy nos secrets avec un soin extrême.

GABINIE.

Ce que je luy diray, je l'ignore moy-même;
Et quand je le verray, Madame, il ne sçaura
Que ce que le Ciel même alors m'inspirera.

SERENA.

C'est assez : moy je vais, seure de votre zele,
Annoncer aux Chrétiens cette heureuse nouvelle.
Sortons, Seigneur; Cesar va se rendre en ce lieu,
Il n'est pas à propos qu'il nous y trouve. Adieu.

SCENE III.

GABINIE, PHENICE.

PHENICE.

Vous allez mal répondre à ce que l'on espere.

GABINIE.

Non : ce que j'ay promis, je suis prête à le faire,
Si Cesar, dans l'espoir de s'unir avec moy,
Au prix que je t'ay dit, ose accepter ma foy.

PHENICE.

Vous m'avez confié ce secret de votre ame :
J'en ay fremi pour vous; pensez-y bien, Madame!

Il est encore temps. Ciel, qu'allez-vous tenter !
Loin de gagner Cesar, vous allez l'irriter.
Ce dessein, aux Chrétiens va devenir funeste.
GABINIE.
Dieu l'a mis dans mon sein, sa main fera le reste.
PHENICE.
Ah ! vous allez perir.
GABINIE.
        Qu'importe, si ma mort,
Des Chrétiens opprimez change le triste sort ?

SCENE IV.

GALERIUS, CARUS, GABINIE, PHENICE.

GALERIUS.

JE vous cherche, Madame : enfin tout m'est pro-
      pice ;
L'Empereur, le Senat, Rome, l'Imperatrice :
Tout conspire en ce jour à mes felicitez ;
Mais j'ignore, Madame, encor vos volontez.
Je vous ay déclaré le bonheur où j'aspire :
Bonheur, que je préfere aux grandeurs de l'Empire ;
Et je viens, en tremblant, apprendre à vos genoux,
Si le cœur de Cesar est indigne de vous.
GABINIE.
Quoy, Seigneur ! est-ce ainsi que votre cœur oublie
Que c'est un Empereur qui parle à Gabinie ?
Vous suis-je bien connuë ?
GALERIUS.
        Ah ! j'atteste les Dieux,
Que si j'ay souhaité ce titre glorieux ;
Que si pour l'acquerir par le sort de la guerre,
J'ay porté mes exploits jusqu'aux bouts de la terre ;

De mes jours prodiguez, de tant d'illustres coups,
Le prix le plus charmant, c'est l'espoir d'être à vous.

GABINIE.

Je me connois, Seigneur ; & votre amour m'étonne ;
Cependant sçavez-vous à quel prix je me donne ?

GALERIUS.

Ah ! parlez, commandez : pour un bien si charmant,
Je vous accorde tout, demandez seulement.

GABINIE.

Puisque vous le voulez, faites qu'on se retire.

GALERIUS.

Eloignez-vous.

GABINIE *à part.*
Faisons ce que le Ciel m'inspire.

SCENE V.

GABINIE, GALERIUS,

GABINIE.

PUisqu'avec vous, Seigneur, je dois unir mon
　　sort,
Du plus grand des Romains j'attens un grand effort.
Mais connoissez mon cœur : sans la grace où j'as-
　　pire,
Non, ma bouche jamais n'auroit osé le dire :
Je vous aime, Cesar.

GALERIUS.
Ah ! Madame !..

GABINIE.
Arrêtez :
Peut-être que mes vœux vont être rebutez :
Peut être cet amour, qui pour vous a des charmes,
Vous causera bientôt de cruelles allarmes :
De quelque amour, Cesar, que vous soyez épris,

Vous allez acheter ma main à trop haut prix.
GALERIUS.
Madame, commandez, je vous le dis encore ;
Ofez tout efperer d'un cœur qui vous adore.
Quelque foit cet effort, je le trouveray doux,
Il n'eft rien que ce cœur n'entreprenne pour vous :
Je n'en excepte rien : parlez ; daignez le dire ;
Je mets tout à vos pieds, l'Empereur & l'Empire.
GABINIE.
Eh bien, fi vous m'aimez, pour répondre à vos
     vœux,
Et pouvoir être à vous, voicy ce que je veux.
Je ne puis plus, Cefar, vous cacher que mon Pere
A des amis fans nombre accablez de mifere.
Ses amis font les miens : je demande avec luy,
Que de ces malheureux vous vous rendiez l'appuy ;
Que vous les cheriffiez, & que pour leur défenfe,
Vous armiez, s'il le faut, toute votre puiffance.
GALERIUS.
Quoy, Madame, voila cet effort, ce haut prix,
Dont un cœur tout à vous devoit être furpris ?
  Je fçay que l'Empereur, jaloux de fa puiffance,
Contre tous vos parens exerça fa vengeance ;
Je fçay que loin de Rome, eux & tous vos amis,
Avec trop de fureur par luy furent bannis ;
Et que, jufqu'à ce jour, excepté votre Pere,
Tous gemiffent encor dans leur longue mifere ;
Mais enfin, quels que foient vos amis, & les fiens ;
Madame, ils me feront bien plus chers que les miens :
Ouy, je vous le promets ; ouy, fi pour leur défenfe,
Ils ont jamais befoin de toute ma puiffance ;
Contre tout l'Univers, prompt à les fecourir,
Je periray plûtôt, que de les voir perir.
C'eft peu faire pour vous ; demandez davantage.
GABINIE.
Pourquoy m'en donnez-vous vous même le courage ?
Puifque vous promettez de fervir mes amis,
Promettez-moy de perdre auffi mes ennemis ;

Que vous les détruirez, Seigneur, dans tout l'Empire:
Voila , pour être à vous, tout ce que je defire.

GALERIUS.

Vos ennemis ! l'objet de mon jufte courroux !
Ouy , je vous le promets, je les détruiray tous.

GABINIE.

Eh bien , à ce prix-là, je confens qu'on m'obtienne ;
Mais apprens qui je fuis, Cefar : je fuis Chrétienne.
Va fervir les Chrétiens , ce font-là mes amis :
Va détruire tes Dieux , ce font mes ennemis.
Tu te tais à prefent, & t'étonnes peut-être,
Amant audacieux , qui croyois me connoître :
Je te l'avois bien dit, que ton amour furpris,
Trouveroit que ma main feroit à trop haut prix,
Tu l'as promis pourtant ; hier tu promis encore,
De livrer à la mort ceux pour qui je t'implore :
C'eft à toy de choifir : tu vois , Cefar, tu vois ,
Sans doute à quoy t'engage, ou l'un ou l'autre choix,
Si tu fais le premier, il que tu m'immoles !
Si le dernier te plaît , va brifer tes Idoles :
L'un me promet le Trône , & l'autre le tombeau ;
L'un te rend mon Epoux, & l'autre mon bourreau ;
Choify, Cefar , choify, tu me vois toute prête,
A te donner d'abord ou ma main , ou ma tête :
Mon choix dépend de toy : fonge à faire le tien,
Je te laiffe y penfer , & ne te dis plus rien.

    Je vais t'attendre, adieu : pefe bien toutes chofes ;
Après , tu peux venir m'époufer, fi tu l'ofes.

SCENE VI.
GALERIUS.

QUel coup de foudre ! ô Ciel ! mon cœur en a
      tremblé.
Grands Dieux ! qui, comme moy, n'en seroit ac-
      cablé ?
Gabinie est Chrêtienne ? elle fuit, la cruelle.
Mais quoy ? mon lâche cœur vole encore aprés elle ?
Traître ! va donc briser les Autels de tes Dieux :
Parjure ! va trahir & la Terre, & les Cieux,
Et par ces attentats, commence ton Empire,
Lâche Empereur … Non, non, mon cœur en vain
      soupire ;
Immolons à ma gloire un amour insensé :
Arrachons de ce cœur le trait qui l'a percé :
Portons le coup mortel à cette Secte impie ;
Perissent les Chrêtiens, perisse Gabinie.
Gabinie ! Ah grands Dieux : au devant de mes coups,
Quelle chere victime, helas ! presentez-vous !
Gabinie ! Ah ! souffrez que je luy fasse grace.
Mais, elle ne veut pas, grands Dieux ! qu'on vous en
      fasse.
Inhumaine ! à vos loix, eh bien, je me rendray ;
Exceptez-en les Dieux, je vous obéïray.
Dieux cruels ! je tiendray le serment qui me lie ;
Je vais vous obéïr, exceptez Gabinie.
Que resoudre ? que faire ? à quel choix m'en tenir ?
Malheureux ! je ne puis pardonner, ni punir.
Cruels engagemens ! auquel des deux se rendre ?
Dieux ! Gabinie ! amour ! devoir ! Quel parti prendre?
Mais qui vois-je ! Fuyons.

SCENE VII.

CAMILLE, JULIE, GALERIUS.
CAMILLE.

Fuy ; mais ne pense pas,
Traître, que pour te voir j'adresse icy mes pas,
Je ne te cherche point. Va, sors, cours, fuy, perfide ;
Ma rivale t'attend ; & l'Enfer, qui te guide,
Du charme empoisonné qu'il a pour toy produit,
T'invite ce jour même à recueillir le fruit.
Fuy donc. Qui te retient ? à quoy bon te contrain-
    dre ?

GALERIUS.

Ah, Madame ! quel temps prenez-vous pour vous
    plaindre !

CAMILLE.

Eh quoy ! le digne objet qui vient de te charmer,
Ne calme pas les soins qui viennent t'allarmer ?
Mais on sçaura bientôt dissiper ta tristesse ;
Déja pour ton hymen tout le monde s'empresse :
D'icy même j'entens les cris, qui jusqu'aux Cieux
Elevent Gabinie, & le vangeur des Dieux ;
Tandis qu'impunément je suis seule outragée.

GALERIUS.

Ah ! vous n'estes, helas ! deja que trop vangée.
Du sort le plus cruel j'éprouve le courroux,
Et je suis mille fois plus à plaindre que vous.

SCENE VIII.

CAMILLE, JULIE.

CAMILLE.

Plus à plaindre que moy ! Que seroit-ce, Julie ?
Plus à plaindre, dis-tu ? Tout flate ton envie :
D'où peut naître en un cœur où regne tant d'espoir,
L'affreux accablement où je viens de le voir !
Ce prodige retient ma haine suspenduë ;
Et surprise du coup dont je suis confonduë ;
De mon juste courroux, je passe à la terreur,
Et mon étonnement égale ma fureur.
Ma rivale sortoit agitée.

JULIE.

Ouy, Madame.
J'augure bien pour vous, du trouble de leur ame :
J'ignore leurs secrets ; mais je me trompe fort,
Ou quelque grand malheur vient de troubler leur
    sort.

CAMILLE.

Ah ! si dans ces secrets, hors de me connoissance,
Je trouvois de quoy faire éclater ma vengeance !

JULIE.

Peut-être que Maxime a sçu les découvrir,
Il vous doit sa fortune, il cherche à vous servir ;
Je l'apperçoy qui vient, & j'attends de son zele,
Madame, qu'il vous porte une heureuse nouvelle.

SCENE IX.

MAXIME, CAMILLE, JULIE.

CAMILLE.

Eh bien?

MAXIME.

J'ay tout appris, Madame ; & plus discret,
A tout autre qu'à vous je tairois ce secret.
Cette nuit, qui l'eût cru? Gabinie est allée,
Où souvent des Chrêtiens on surprend l'assemblée ;
Au fond d'un antre obscur, au pied de l'Aventin,
Où déja l'attendoit le fameux Marcellin.
Là ! ne soupçonnant pas que l'on pût les entendre,
Ils ont parlé tout haut ; je viens de tout apprendre
D'un esclave affidé, qui feint d'être Chrétien,
Caché, pour écouter leur secret entretien.
Mais je crains que quelqu'un . . .

CAMILLE.

Parles avant qu'on vienne.

MAXIME.

Pour tout dire en un mot, Gabinie est Chrétienne.

CAMILLE.

Dieux !

JULIE.

O Ciel !

MAXIME.

Et Cesar, qui sortoit de ces lieux ,
Sans doute a pénétré ce secret odieux !
Il en fremit.

CAMILLE.

Voila l'ennuy qui le dévore :
Au mépris de nos Dieux le perfide l'adore.

Voy, Julie, à quel point elle a ſçû le charmer;
Il ſçait qu'elle eſt Chrêtienne, & peut encor l'aimer.
L'Empereur le ſçait-il?

MAXIME.

Non, Madame, il l'ignore;
Et hors nous, à la Cour nul ne le ſçait encore.
Il doit aller au Temple, & croit voir achever
Un hymen que les Dieux ne ſçauroient approuver.
Voila ce que j'ay ſçû; j'ay couru vous l'aprendre;
Mais encor ce ſecret ne doit pas ſe répandre.

CAMILLE.

Je tairay ce qu'il faut, Maxime, & c'eſt aſſez.
Enfin, Julie, enfin mes vœux ſont exaucez.
Allons la dénoncer, & perdons qui m'offenſe;
Lorſque tout me trahit, le Ciel prend ma défenſe;
Et j'ay, contre tous ceux qui m'oſoient outrager,
Et la cauſe des Dieux, & la mienne à vanger.

Fin du troiſiéme Acte.

ACTE IV.

SCENE PREMIERE.

CAMILLE, JULIE.

CAMILLE.

Vien, fuy-moy, c'est icy que je le veux at-
    tendre.
    Ma sœur luy fait en vain refuser de m'en-
    tendre,
C'est icy son passage : icy je le verray :
Il n'ira point au Temple, ou je luy parleray.

JULIE.

Madame, il vient à nous.

SCENE II.

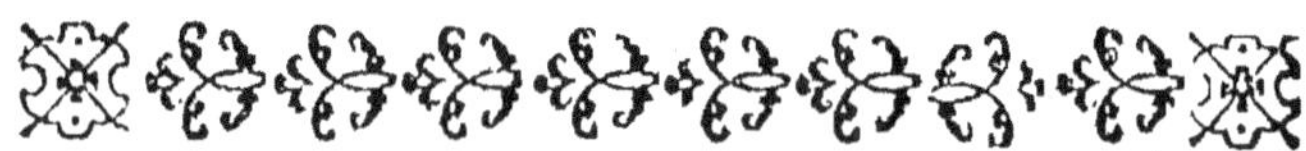

SCENE II.

DIOCLETIEN, CARUS, MAXIME, CAMILLE, JULIE, Gardes.

DIOCLETIEN dans le fond du Theatre,
sans voir Camille.

ENfin cette journée
Verra briller les feux d'un heureux hymenée,
Et j'espere, Carus, que ce jour attendu
Me rendra le repos que mon cœur a perdu.

CAMILLE.

Non, Seigneur, de l'hymen qui fait votre esperance,
Gabinie est indigne, & le Ciel s'en offense.

DIOCLETIEN.

(*à Camille.*)   (*à Carus.*)
Le temps nous presse… Au Temple allez tout pré-
          parer,
Carus; on ne sçauroit plus long-temps differer;
Et sans doute Cesar est dans l'impatience,
Que l'on tarde à remplir sa plus douce esperance,
Allez, Carus.

CAMILLE.

Arrête : il n'est pas encor temps.

DIOCLETIEN.

Qu'osez-vous entreprendre ? & qu'est-ce que j'en-
          tens ?
(*à Carus qui hesite à sortir.*)
Allez, vous dis-je, allez, que rien ne vous retienne,

CAMILLE *à Carus qui s'en alloit, &*
          qui s'arrête.

Eh bien ! va dans le Temple attendre une Chrétienne :

D

38   GABINIE,
Va presenter ce monstre à nos Dieux immortels,
D'un hymen sacrilege effrayer leurs Autels;
Va...
            DIOCLETIEN.
    Ce qu'elle nous dit, ô Ciel! est-il croyable?
            CAMILLE.
D'un mensonge, Seigneur, me croyez-vous capable?
Gabinie est Chrêtienne; elle l'a déclaré;
Cesar en est instruit; le crime est averé;
Et de la part des Dieux, je demande sa vie.
            DIOCLETIEN.
Que l'on cherche Cesar: amenez Gabinie.
Ah! je ne doute plus de son égarement:
Je ne le voy que trop à votre étonnement.
Vous le sçaviez, Carus: vous le sçaviez, Maxime:
Pourquoy me cachiez-vous, l'un & l'autre, son cri-
        me?
            MAXIME.
On attendoit, Seigneur, qu'un heureux repentir,
De ce funeste état pourroit la garantir.
            CARUS.
Seigneur, n'en doutez point; l'éclatant hymenée,
Qui doit avec Cesar unir sa destinée,
La gloire, les plaisirs, sa prochaine grandeur,
Sont de puissans motifs pour ramener un cœur.
            CAMILLE.
Non, non, c'est se flater, Seigneur, que de le croire:
Il n'est grandeurs, plaisirs, tourmens, mépris, ni
        gloire,
Et vous-même, Seigneur, vous le sçavez trop bien,
Qui dans Rome ait jamais pû changer un Chrêtien:
Ils triomphent de tout.
            DIOCLETIEN.
                    Ouy, malgré ma puissance,
J'en ay fait mille fois la triste experience.
Qu'allois-je faire? ô Ciel! quel Démon aujour-
        d'huy,
O secte des Chrêtiens, te prête son appuy?

J'allois en ce moment, sans l'avis de Camille,
Dans le lit de Cesar te donner un azile !
Dans le lit de celuy, que ma juste fureur
A pris soin de choisir pour ton persecuteur :
C'est ainsi que toujours, & de la même sorte,
Tu tournes contre moy les coups que je te porte ;
Que tout ce que je fais pour triompher de toy,
Tu le sçais employer, pour triompher de moy.
    Aussi, qui le croiroit ? dans la publique joye,
A de noires frayeurs je suis le seul en proye :
Tout tremble en ma presence ; & moy-même à mon
        tour,
Je ne sçay quoy m'allarme au milieu de ma Cour.
J'ay pour me délivrer de ces frayeurs secrettes,
Consulté de nos Dieux les sacrez Interpretes ;
Immolé les Chrétiens en mille lieux divers,
Et de leur sang impie inondé l'Univers ;
Et, comme si les Dieux rejettoient ces victimes,
Que tout ce que je fais fussent autant de crimes,
Au faîte de l'Empire, & malgré mes efforts,
Mon zele envers nos Dieux semble aigrir mes re-
        mors.
Tandis que j'attendray Cesar & Gabinie,
Differez les apprêts de la cérémonie :
Déja le peuple en foule au Temple s'est rendu :
Allez dire, Carus, que tout est suspendu.
Retirez-vous, Camille ; à l'aveu de son crime,
Je ne veux pour témoins que Cesar & Maxime.

SCENE III.

GALERIUS, DIOCLETIEN, MAXIME.

DIOCLETIEN.

Venez, on vous attend: le trouble où je vous
    voy,
Ne m'annonce que trop que vous sçavez pourquoy.
Celle donc que mon choix élevoit à l'Empire,
Celle pour qui Cesar peut-être encor soûpire,
Se déclare Chrêtienne, & vient d'abandonner
Ces Dieux, ces mêmes Dieux qui l'alloient couron-
    ner ?

GALERIUS.

Ah ! Seigneur, qui l'eût crû ?

DIOCLETIEN.

        Quoy ! vous l'aimez encore?

GALERIUS.

Je voudrois la haïr, Seigneur, ; hé ! je l'adore.
Mon cœur irresolu, surpris, desesperé,
Et d'horreur & d'amour tour à tour déchiré,
Dans un objet si cher rencontrant une impie,
Suit tantôt son devoir, & tantôt Gabinie;
Et souffre en cet état de plus cruels tourmens,
Que tous ceux qu'aux Chrêtiens ont voüé mes ser-
    mens.

DIOCLETIEN.

Vous regrettez des Dieux la mortelle ennemie !

GALERIUS.

Je voudrois à nos Dieux ramener Gabinie.

DIOCLETIEN.

Non, non, pour les Chrêtiens il n'est plus de retour.

GALERIUS.

Vous avez tout tenté, Seigneur, tentez l'amour.
D'ailleurs vous le sçavez, & j'oseray le dire,
Les flots de tant de sang affoiblissent l'Empire ;
Et, si l'on pousse à bout ce qu'on veut achever,
On va perdre l'Etat, en voulant le sauver.
Au culte de nos Dieux les Chrêtiens sont rebelles ;
Cependant avons-nous des sujets plus fidelles ?
De leurs folles erreurs nos Dieux sont offensez ;
Mais quel tort à l'Etat ont fait ces insensez ?
Que nous font les Chrêtiens ? que nous fait leur
    croyance ?
Rien peut-il de leurs mœurs alterer l'innocence ?
Ne les voyons-nous pas, malheureux, & soûmis,
Benir qui les outrage, aimer leurs ennemis ;
Et parmi les tourmens, dont l'horreur nous étonne,
Respecter en mourant la main qui les ordonne ?
Ah ! peut-être, Seigneur, voulant les tourmenter,
On enflâme leur zele, au lieu de l'arrêter
Peut-être, relâchant de ces rigueurs extrèmes,
De leurs illusions ils reviendroient d'eux-mêmes :
Peut-être Gabinie est prête à revenir :
Par elle commençons à ne les plus punir :
Du moins, je crois pouvoir demander qu'on luy
    donne
Le temps de revenir aux Dieux qu'elle abandonne.
Dans un cœur que l'on a nouvellement séduit,
L'erreur qui vient de naître, aisément se détruit ;
Et de trop de vertus le Ciel l'a partagée,
Pour la laisser long-temps dans le crime engagée.
D'ailleurs je l'aime encor, & j'attens que mon choix
Suspende, en sa faveur, la rigueur de nos Loix.

DIOCLETIEN.

Eh bien, vous le voulez, essayons l'indulgence:
Pour la rendre à nos Dieux, je me fais violence.
Mais, après cet essay, songez à votre tour,
A surmonter vous-même un malheureux amour :
Songez à soûtenir votre gloire & la mienne.

Mais elle vient.

SCENE IV.

GABINIE, DIOCLETIEN,
GALERIUS, MAXIME, Gardes.

DIOCLETIEN.

Approche, infidelle Chrétienne !
GABINIE.
De ces crimes, Seigneur, que l'on veut m'imputer,
Le dernier fait ma gloire, & j'ose m'en vanter.
DIOCLETIEN.
Epargne-moy du moins un discours qui m'offense.
GABINIE.
Je ne puis plus garder un criminel silence.
DIOCLETIEN.
Tu veux donc renoncer à ton sort éclatant ?
Je te plains : Cesar t'aime, & le Trône t'attend.
Veux-tu, pour te plonger dans d'horribles mysteres,
Abandonner les Dieux de Rome & de tes Peres,
Ces grands Dieux de tout temps reverez parmi nous,
Pour adorer un Dieu l'objet de mon courroux ?
GABINIE.
S'il vous étoit connu, vous trembleriez.
DIOCLETIEN.
                                    Perfide !
Suy, puisque tu le veux, la fureur qui te guide ;
A la pitié pour toy, je panchois vainement.
Maxime, amenez-nous son Pere, & promptement.

SCENE V.

GABINIE, GALERIUS, DIOCLETIEN, Gardes.

DIOCLETIEN.

Qu'on l'arrête.

GALERIUS.

   Attendez, souffrez que je rapelle
Cette tendre pitié que vous aviez pour elle.

DIOCLETIEN.

Non, non, Gardes....

GALERIUS.

   Seigneur, suspendez ce courroux :
C'est à moy de punir les Chrêtiens, comme à vous,
C'est le premier transport du zele qui l'anime ;
Il peut se ralentir. Rome ignore son crime.
Pourquoy le divulguer par un funeste éclat ?

DIOCLETIEN.

Eh bien, Cesar...

SCENE VI.

MAXIME, GABINIE, GALERIUS, DIOCLETIEN, Gardes.

MAXIME.

Seigneur, le Peuple, le Senat,
Les Prêtres en fureur contre la Secte impie,

Demandent à grands cris, qu'on juge Gabinie :
On sçait tout.

DIOCLETIEN.

Il suffit. Vous venez de le voir,
Cesar ; j'allois peut-être oublier mon devoir ;
Les Dieux à mon secours ont ramené Maxime :
C'en est fait. Vous sçavez la peine de son crime ;
Commencez à tenir vos sermens & les miens,
Et par un grand exemple effrayez les Chrétiens :
Triomphez d'un amour, qui luy sert de refuge ;
Vous êtes son Amant : je vous nomme son Juge.

GALERIUS.

Moy !

DIOCLETIEN.

Vous. Perdez l'objet dont vous êtes épris.
Vous nous l'avez juré : l'Empire est à ce prix.

SCENE VII.

GABINIE, GALERIUS.

GABINIE.

On veut que mon Arrêt sorte de votre bouche :
Je ne puis le cacher, votre douleur me touche :
Vous m'aimez : je vous plains : & vous plaignez mon
        sort.

GALERIUS.

Ah ! Madame. . .

GABINIE.

Cesar, je n'attens que la mort.

GALERIUS.

Cruelle ! eh ! vous m'aimez ?

GABINIE.

Je vous l'ay dit moy-même.

Pardonne, jufte Ciel! à mon erreur extrême,
D'avoir cru folement, que mes foibles attraits,
En l'attirant à toy, combleroient mes fouhaits.
Cefar, voila l'hymen que Rome nous prépare.
                GALERIUS.
Quoy! vous me croyez donc, Madame, affez bar-
            bare…
Moy! je ferois répandre, & répandre à mes yeux,
Par une main infame un fang fi precieux!
Ah! ne perdrez-vous point cette funefte envie?
                GABINIE.
Ne pouvant être à vous, à quoy me fert la vie?
Vous me rendrez heureufe, en me privant du jour:
Eteignez dans mon fang, un malheureux amour;
Il empoifonneroit & ma vie & la vôtre,
Nous ferons, par ma mort, en repos l'un & l'autre.
                GALERIUS.
Quel repos! ah! Madame, en cette extrêmité,
Concevez-vous du fort toute la cruauté?
Pour des biens incertains, où votre efpoir fe fonde,
Vous voulez renoncer à l'Empire du Monde!

    Je n'oferois icy parler de mon amour;
Mais, Madame, voyez la pompe de ce jour,
Ces Spectacles, ces Jeux, cette fuperbe Fefte;
Rome, tout l'Univers devient votre conquefte,
Et mille Nations, pour tomber à vos pieds,
Attendent feulement que vous y confentiez:
Vous allez tout quitter?
                GABINIE.
                Les honneurs de l'Empire,
Ne font que le néant des grandeurs où j'afpire.
                GALERIUS.
Je n'en obtiendray rien!
                GABINIE.
                Je n'ay rien obtenu!
                GALERIUS.
Jufte Ciel! votre état vous eft-il bien connu?
Dans la fleur de vos ans, de mille attraits pourvûë,

Adorée en tous lieux, sur le Trône attenduë,
Romaine ! méprifer les grandeurs de la Cour !
Senfible triompher des charmes de l'amour !
Préférer le fupplice à l'Empire du Monde !..

GABINIE.

Voy, Cefar, fur quels biens il faut que je me fonde.
Ah ! que n'avez-vous fait vous-même un fi beau
　　　　choix !
Helas ! c'eft fouhaiter trop de biens à la fois.
Que je fouffre de voir l'état où je vous laiffe !
Hâtez-vous : par ma mort, fecourez ma foibleffe.

GALERIUS.

Juftes Dieux ! pourriez-vous voir perir tant d'appas ?

GABINIE.

Vos Dieux, Cefar, vos Dieux ne vous entendent pas ?

GALERIUS.

Souffrez que contre tous du moins je vous défende.

GABINIE.

Songez à prononcer l'Arrêt qu'on vous demande.

GALERIUS.

Ah ! plûtôt le Senat, & Rome, & l'Empereur,
Les Dieux mêmes verront éclater ma fureur.

GABINIE.

L'Empereur va bien-tôt répondre à mon attente :
Par vous Cefar, par vous, je mourrois plus con-
　　　　tente.
Ne me refufez point le feul bien que j'attens.
Ne me le faites pas attendre encor long-temps.
Cefar, Rome le veut ; c'eft à vous d'y foufcrire.

GALERIUS.

Rome, reprens tes droits ; je renonce à l'Empire,
Puifque ton dur ferment m'impofe cette loy.

SCENE VIII.

GABINIUS, GALERIUS, GABINIE,
Gardes.

GALERIUS. *Il continuë allant au de-*
vant de Gabinius.

AH ! Seigneur, hâtez-vous ! venez vous joindre
à moy ;
Venez, Seigneur, venez secourir votre fille ;
Purgez d'un crime affreux votre illustre famille.
GABINIUS.
Son crime m'est connu : je viens la secourir.
Ouy, ma fille, je viens, pour t'apprendre à mourir.
Dans la loy des Chrétiens c'est moy qui t'ay conduite,
Je te dois mon exemple, aprés t'avoir instruite.
GALERIUS.
Son Pere !

GABINIUS.
A l'Empereur je me suis déclaré.
Il attend notre Arrêt, & tout est préparé.
GALERIUS.
Ah Dieux !

GABINIE.
J'entens d'icy la foule impatiente,
Qui se plaint, par ses cris, d'une trop longue at-
tente.
Si vous ne vous hâtez, vous verrez l'Empereur,
Cesar, dans un moment revenir en fureur.
GALERIUS.
Non ! vous ne mourrez point, & déja je m'accuse...

SCENE IX.

DIOCLETIEN, GABINIE, GABINIUS, GALERIUS, Gardes.

GABINIE allant au devant de Diocletien.

Venez nous accorder la mort qu'on nous refuse,
Venez, Seigneur, Cesar a besoin de secours.

GALERIUS.

Seigneur ! au nom des Dieux prenons soin de ses
    jours.
Pourriez-vous voir tomber cette tête adorable,
Sous le barbare fer d'un bras impitoyable ?
Livrons plûtôt, Seigneur, & sans grace, & sans
    choix,
Livrons tous les Chrêtiens à la rigueur des Loix :
A nos sermens cruels c'est assez satisfaire ;
Epargnons seulement Gabinie & son Pere ;
Un genereux pardon dessillera leurs yeux.

GABINIE.

Tandis que nous vivrons, craignez pour vos faux
    Dieux.

DIOCLETIEN.

Ciel ! qui ne fremiroit de voir ce qui se passe :
Il semble que César ait icy pris leur place :
J'y voy, venant presser l'ordre que j'ay donné,
Les criminels contens, & le Juge étonné ;
Ils demandent, ô Dieux ! quelle étrange manie !
Les criminels la mort, & le Juge la vie !

  Monstres, que je ne puis ni vaincre, ni chasser,
Ne puis-je vous punir, sans vous recompenser ?

Ne

Ne puis-je vous livrer aux plus cruels supplices ,
Sans me rendre l'auteur de vos cheres délices ?
Et ne puis-je une fois, pour servir mon courroux ,
Inventer une peine & des tourmens pour vous ?
Mais , au lieu de Cesar , je vous rendray justice :
Gardes , conduisez-les l'un & l'autre au supplice.

GALERIUS.

Arrêtez. En faveur , Seigneur , de mon amour ,
Accordons-leur au moins le reste de ce jour.
Pour de tels criminels la faveur n'est pas grande :
J'ay droit de l'accorder , & je vous la demande.
Dans ce delay , peut-être , où nous ne risquons rien ;
Les Dieux pourront changer ou leur cœur , ou le
    mien.

SCENE X.

CARUS, DIOCLETIEN, GALERIUS, GABINIE, GABINIUS, Gardes.

CARUS.

SEigneur , on vient d'apprendre une étrange nou-
    velle.
Au pied de l'Aventin un grand peuple rebelle ,
Dans le profond réduit d'un antre tenebreux ,
Celebre des Chrétiens les Mysteres affreux.

DIOCLETIEN.

Vous le voyez , Cesar ! allez , qu'on les surprenne ;
Carus , faites marcher la legion Thebaine ;
Et là , sans respecter âge , sexe , ni rang ;
Que tous ces malheureux soient noyez dans leur sang.

E

SCENE XI.

DIOCLETIEN, GALERIUS, GABINIE, GABINIUS, Gardes.

DIOCLETIEN *continuë*.

POur eux encore icy, Cesar me sollicite.
Otez-les de mes yeux, leur presence m'irrite.

GABINIUS.

Allons, ma fille.

GABINIE.

Allons, Seigneur, faites sur nous,
Sans consulter Cesar, éclater ce courroux :
Je voy que j'en seray l'innocente victime.
Veüille le Dieu vangeur vous pardonner ce crime.

DIOCLETIEN.

Qu'on redouble leur garde, & que séparément,
On les tienne enfermez dans cet Appartement.

GALERIUS.

Pourquoy les enfermer & redoubler leur garde ?
Seigneur, je répons d'eux, & ce soin me regarde.

DIOCLETIEN.

Voulez-vous les livrer au Peuple furieux ?
Je n'en répondrois plus, s'ils sortoient de ces lieux.
Vous le voulez ; leur mort que nous avons jurée,
Jusqu'à la fin du jour sera donc differée :
Allez-en profiter ; mais consultez-vous bien ;
Car, aprés ce délay, Rome n'attend plus rien.

GALERIUS.

Gabinie en mourroit ? Ah ! Rome peut s'attendre,
Que contre ses fureurs je sçauray la défendre.
Ouy, dût tomber sur moy la colere des Dieux,
Allons la secourir, ou mourir à ses yeux.

Fin du quatriéme Acte.

ACTE V.

SCENE PREMIERE.

DIOCLETIEN, MAXIME.

MAXIME.

QUoy, Seigneur, Gabinie à vos defirs renduë,
   A nos facrez Autels eſt enfin revenuë ?
Ce bruit femé par-tout eſt venu jufqu'à moy,
Et déja les Chrêtiens en pâliſſent d'effroy ;
Déja Rome triomphe, & le Ciel favorable . . . .

DIOCLETIEN.

Helas ! Que fon retour me feroit agreable,
Maxime ! Mais bien-tôt vous en ferez inſtruit ;
C'eſt par mon ordre exprés qu'on a femé ce bruit.
De l'amour de Cefar j'ay craint la violence.
Témoin de fes tranfports, ma juſte défiance
A feint, pour amufer les fureurs d'un Amant,
Que l'objet de fes feux changeoit de fentiment.
Par cet efpoir flateur fa douleur abufée
Le retient, & me livre une vangeance aifée ;
Et libre en ce moment, il m'eſt enfin permis,
Sans attendre le temps que je leur ay promis,
D'immoler à la fois, dans ma juſte colere,
A nos Dieux offenfez & la fille & le pere.
Camille, que l'amour lie à mes intereſts,
M'a donné ce confeils, qu'on doit tenir fecrets ;

E ij

J'ay voulu sans témoins icy vous en instruire;
Par-là, je mets Cesar hors d'état de me nuire;
Je le préviens. Peut-être, épris d'un sol amour,
Pour sauver Gabinie, avant la fin du jour,
Le verrois-je, aveuglé d'une molle clemence,
Des perfides Chrétiens embrasser la défense:
Leur nombre, qui s'accroît de moment en moment,
Me fait craindre à la fin quelque soulevement;
La Legion Thebaine, à leur perte attachée,
De sa premiere ardeur me paroît relâchée;
Le zele des Chrétiens, à ses yeux expirans,
Leur constance à souffrir, les discours des mourans,
Seduisent les soldats; les Chefs s'en attendrissent,
Et depuis quelques jours à regret m'obéïssent.
Cependant le faux bruit, qui par-tout a volé,
Jusqu'à Gabinius, par mon ordre est allé.

MAXIME.

Il demande à vous voir, Seigneur, & l'on soupçonne,
Que lassé de sa Secte, enfin il l'abandonne,
Peut-être, puisqu'il veut lui-même vous parler,
Ce qu'on dit de sa fille aura pû l'ébranler;
Et cette heureuse feinte, à tous deux salutaire,
Pourra faire changer la fille, aprés le pere.

DIOCLETIEN.

Je l'ay fait enlever de cet appartement,
Pour en pouvoir ailleurs disposer seurement.
C'est dans ce Palais même, & sous les sombres voutes
De ce Temple caché dont vous sçavez les routes.
Là, sans que mon dessein puisse être soupçonné,
Camille doit porter l'ordre que j'ay donné:
Cesar, qui ne put voir un si grand sacrifice,
Venoit de la quitter, pour voir l'Imperatrice,
Et tandis qu'il perdoit le temps en vains regrets,
Mes Gardes s'aquittoient de mes ordres secrets.

SCENE II.

JULIE, DIOCLETIEN,
MAXIME.

JULIE.

Seigneur, je ne sçay point ce que Cesar médite,
Il a de ses amis fait assembler l'élite ;
Et suivi d'un renfort de Chefs & de soldats ,
Au Temple de Vesta précipite ses pas.

DIOCLETIEN à *Maxime.*

Il a cru qu'en ces lieux mes Gardes l'ont conduite ;
C'est encore un faux bruit pour tromper sa poursuite.
(*à Julie.*) Et Camille ?

JULIE.

Cesar à peine a disparu,
Qu'au fonds de ce Palais elle a d'abord couru.
Là, parmi les détours d'une route inconnuë,
Elle s'est quelque temps dérobée à ma veuë ;
Puis revenant à moy tremblante, & sans couleur,
Ses yeux baignez de pleurs exprimant sa douleur,
Elle tient des discours & sans ordre & sans suite,
Y mêle les Chrêtiens ; puis troublée, interdite,
Elle sort du Palais seule, & ne daigne pas,
Me dire où, dans la nuit, elle adresse ses pas.

DIOCLETIEN.

Retirez-vous.

SCENE III.

DIOCLETIEN, MAXIME.

MAXIME.

SEigneur, son trouble m'épouvante.

DIOCLETIEN.

Je m'embarasse peu des troubles d'une Amante.

MAXIME.

Mais ne craignez-vous point, que Cesar irrité,
Ne se porte, Seigneur, à quelque extremité ?
Il a fait éclater les soins qui le dévorent,
Il est aimé du peuple, & les soldats l'adorent.

DIOCLETIEN.

Le serment qu'il a fait limite son pouvoir.
Le voicy. Vous, allez ... *Il luy parle à l'oreille.*

MAXIME.

Je seray mon devoir.

SCENE IV.

GALERIUS, DIOCLETIEN.

GALERIUS.

SEigneur, prétendez-vous, qu'avec indifference,
Je souffre le mépris qu'on fait de ma puissance ?
Doit-on rien ordonner sans mon consentement,
Et ne suis-je Empereur que de nom seulement ?
Les bruits qu'on fait courir me font même compren-
dre

Qu'on ose m'imposer, & qu'on veut me surprendre.
Je cherche Gabinie ; elle étoit en ces lieux :
Croit-on impunément la cacher à mes yeux ?
Ne suis-je pas son Juge ? & soûmise, ou rebelle,
N'est-ce pas moy, Seigneur, qui dois disposer d'elle ?
Vous craignez, me dit-on, mes transports amoureux ;
Je crains qu'on ne vous donne un conseil dangereux :
J'en aurois du regret ; mais enfin, je vous prie,
Que je n'ignore plus le sort de Gabinie :
Je dois en être instruit, & je me suis flaté...

DIOCLETIEN.

Cesar, nous en sçaurons dans peu la verité.
A peine sortiez-vous, que sans éclat, sans suite,
Dans un Temple écarté mes Gardes l'ont conduite.
Sans doute, loin du bruit, elle va dans ces lieux,
A l'insçû des Chrétiens, rendre hommage à nos
      Dieux ;
Appaiser leur courroux, qu'ont excité ses crimes,
Et pour les expier leur offrir des victimes.

GALERIUS.

Et ne lirois-je pas, au gré de mes souhaits,
Un triomphe si beau dans vos yeux satisfaits ?
Je sçai que son retour vous combleroit de joye.
De vos sombres regards que faut-il que je croye ?
Même de vos discours ?... Elle va, dites-vous,
De nos Dieux offensez appaiser le courroux ?
Que deviendrois-je, ô Ciel ! si, pour laver le crime
Que l'on veut expier, elle étoit la victime !
Si Camille en fureur, qui court de tous côtez...
Mais je voy qu'avec peine icy vous m'écoutez.
Vous me trompez, Seigneur : ce bruit n'est pas croya-
      ble ;
Vous seriez plus content, s'il étoit veritable.
Enfin, quoi qu'il en soit, je demande à la voir :
Je sens que mon respect cede à mon desespoir.
Ne me direz-vous point ce qu'elle est devenuë ?
Craignez de la cacher plus long-temps à ma veuë.

DIOCLETIEN.

Oubliez-vous ainſi ce que vous me devez,
Ingrat ? & qu'aujourd'hui celui que vous bravez,
Vous a mis ſur le Trône ?

GALERIUS.

Ouy ; mais il faut tout dire,
Il eſt vray, ſi je ſuis monté juſqu'à l'Empire,
C'eſt à Rome, au Senat, à vous que je le doy ;
Mais ſçachez, qu'aprés tout, je ne le dois qu'à moy,
Qu'à mon ſang tant de fois verſé pour la patrie.
Mais enfin il s'agit icy de Gabinie.
Vous m'avez fait ſon Juge ; & vous y penſerez :
Vous me l'avez promis, & vous m'en répondrez.

DIOCLETIEN.

Moy ! téméraire ?

GALERIUS.

Ouy, vous. Songez à me la rendre :
Seul vous ſçavez ſon ſort ; à qui puis-je m'en prendre?

SCENE V.

GABINIUS, GALERIUS, DIOCLETIEN, Gardes.

GABINIUS *ſe jettant aux pieds de Diocletien.*

JE ne viens point, Seigneur, embraſſer vos genoux,
Pour vous demander grace, ou me plaindre de
vous ;
Mais, avant que mon ſang coule dans les ſupplices,
Pour derniere faveur, pour prix de mes ſervices ;
J'oſe vous ſupplier, Seigneur, de m'accorder
Ce qu'un malheureux pere a droit de demander,
Lorſqu'il perd, ſans retour, l'eſpoir de ſa famille ;
Souffriez qu'un ſeul moment, je puiſſe voir ma fille.

DIOCLETIEN.

Je t'entens: tu voudrois encor la replonger
Dans l'erreur dont le Ciel s'en va la dégager.
Je voy trop ton dessein; mais cesse d'y prétendre:
Sçache qu'elle n'est plus en état de t'entendre;
Qu'elle est à nos Autels, pour fuir tes entretiens,
Et qu'elle va quitter la Secte des Chrêtiens.
Tu peux pourtant la voir, si dans le même Temple,
Tu veux bien te resoudre à suivre son exemple.
Parle. Es-tu résolu de marcher sur ses pas ?

GABINIUS *en se relevant.*

Quoy, ma fille … mais, non … Non, je ne le croy
    pas.
Je suis seur de son zele, & je luy rends justice,
Je reconnois enfin votre lâche artifice.

DIOCLETIEN.

Quoy ! tu m'oses braver ? Ah ! bien-tôt sous mes
    coups …

GABINIUS.

Je crains votre pitié, plus que votre courroux.

GALERIUS *à Gabinius.*

Seigneur, je vais pour elle employer ma puissance.

GABINIUS.

Un plus puissant que vous veille pour sa défense.

DIOCLETIEN.

Ta Secte va tomber, n'attens pas son secours.

GABINIUS.

Persecute, Tyran : tu la verras toujours,
Malgré tes vains efforts, & contre ton attente,
Par-tout persecutée, & par-tout triomphante.

GALERIUS.

Puisqu'on ne daigne icy répondre à mes souhaits,
Je cours …

SCENE VI.

MAXIME, GABINIUS, DIOCLETIEN, GALERIUS.
Gardes.

MAXIME *à Galerius qu'il rencontre.*

ON ne sçauroit sortir de ce Palais.
(à Diocletien.)
On s'atroupe, Seigneur, dans la place prochaine ;
On entend mille cris. La legion Thebaine,
Le blasphême à la bouche, & le feu dans les yeux ,
Vient de se soûlever.
DIOCLETIEN.
Qu'entens-je, justes Dieux !
MAXIME.
Un grand peuple les suit ; vos Gardes sont aux portes:
Mais pour les repousser, on n'a que trois Cohortes ;
Seigneur, le danger presse ; on dit confusément,
Que les Chrêtiens ont part à ce soûlevement.
GALERIUS.
Gabinie avec eux est donc d'intelligence ?
MAXIME *à Galerius.*
Carus, qui les suivoit sçaura … mais il s'avance.

SCENE VII.

CARUS, MAXIME, GALERIUS, DIOCLETIEN, GABINIUS, Gardes.

CARUS.

AH ! Seigneur, sans fremir, je ne puis concevoir,
Ni même croire encor ce que je viens de voir.
J'ai couru, par votre ordre, aux lieux où l'assemblée
Des rebelles Chrêtiens devoit être accablée :
La Legion Thebaine a marché sur mes pas,
Et Maurice, leur Chef, conduisoit les soldats ;
Tous, le fer à la main, s'excitoient au carnage ;
D'une voûte profonde on trouve le passage ;
On entre, à la lueur des flambeaux allumez,
Jusqu'au lieu qui cachoit les Chrêtiens enfermez.
Là parmi des rochers, dans une grote affreuse,
Quelque lampe éclairant une troupe nombreuse,
D'abord ces malheureux confusément épars,
Attentifs à leur culte, arrêtent nos regards ;
Le fer brille aux flambeaux, & leurs lampes palissent ;
De nos cris menaçans les voutes retentissent ;
Les Chrêtiens sans effroy, tranquilles, à genoux,
Ne daignent seulement jetter les yeux sur nous ;
Aucun d'eux de l'Autel ne détourne la veüe :
La fureur des soldats demeure suspendüe :
Leurs Mysteres par nous, malgré nous respectez,
Soit horreur, soit respect, nous tiennent arrêtez :
Immobiles, comme eux, nous gardons le silence.
    On finit. Marcellin le Pontife s'avance ;
Nous presente la gorge ; & dans le même instant,
Hommes, femmes, enfans, chacun en fait autant :
On n'entend nul regret, nul soupir, nulle plainte.

Maurice, à cet aspect, troublé, saisi de crainte,
Sentant que le fer même échape de sa main,
Tombe, au lieu de fraper, aux pieds de Marcellin.
Ses soldats consternez imitent son exemple :
Le Pontife surpris, quelque temps les contemple,
Puis, élevant au Ciel sa voix, ses mains, ses yeux,
Les exhorte à quitter le culte de nos Dieux.

  Enfin, Seigneur, j'ay vû, non sans horreur ex-
      trême,
J'ay vû Chefs & soldats demander le Baptême ;
Et de la même grote où Maurice & les siens
Alloient vanger nos Dieux, ils sont sortis Chré-
      tiens.

DIOCLETIEN.

Ciel !

GALERIUS.

N'apprendray-je rien ?

GABINIUS.

              O Dieu ! c'est votre ouvrage.

CARUS.

Moy-même, ne pouvant resister davantage,
Je sentois en secret un charme dangereux,
Et si je n'avois fuy, j'allois faire comme eux.
Ils viennent, & dans Rome ils jettent l'épouvante ;
Ils marchent au Palais, & leur nombre s'augmente.
Pour trouver du secours, j'ay cherché vainement.
Le peuple fuit, & craint ce prompt soûlevement.

  Vos Gardes, qu'on avoit postez aux avenuës,
Seigneur, ont arrêté des femmes inconniies,
Qui sortoient de la grote avec ces furieux ;
Leurs voiles, & la nuit, les cachoient à nos yeux.

  On les amene. On vient. Vous apprendrez par
      elles,
Quel dessein au Palais attire ces rebelles,
Pourveu que vous daigniez employer la douceur.

DIOCLETIEN.

Qu'on les fasse approcher.

SCENE

SCENE DERNIERE.

SERENA, CAMILLE, CARUS,
DIOCLETIEN, GABINIUS,
GALERIUS, MAXIME,
Gardes.

DIOCLETIEN.

C'Est ma femme! & sa sœur !

SERENA.

Ouy, c'est ma sœur, c'est moy, que tes Gardes t'a-
menent.

DIOCLETIEN.

Suis-je assez confondu ?

GALERIUS.

Quels égards me retiennent?
(*Il veut sortir.*)
Ces mutins m'apprendront...

SERENA.

Ne craignez rien, Cesar;
Avez eux l'Empereur ne court point de hazard.
(*à l'Empereur.*)
Vous n'aurez de leur part aucun lieu de vous plaindre,
Seigneur : ils sont Chrêtiens; vous n'avez rien à
craindre.

GALERIUS.

Et Gabinie ?

SERENA.

Elle est en pleine liberté,
Et joüit à present d'une tranquillité,
Qui de ses ennemis ne craint plus la colere.

E

GALERIUS.

Ah Ciel !

DIOCLÉTIEN.

Et ces mutins que prétendent-ils faire ?

SERENA.

Aux portes du Palais ils ont la force en main ;
Mais sçais-tu bien, cruel, sçais-tu bien leur dessein ?
Ils viennent assouvir ta barbare injustice,
Et sçachant tes Edits, & le lieu du supplice,
Dans la place prochaine ils accourent exprés,
Pour subir la rigueur de tes cruels Arrests.
En doutes-tu ? vas-y : ce sont pour toy des fêtes ;
Va voir couler leur sang ; va voir voler leurs têtes ;
Leurs corps, de toutes parts entassez par monceaux,
Dont la foule empressée a lassé tes bourreaux :
Vien : je suivray tes pas : & pour combler tes crimes,
Prens-nous, ma sœur & moy, pour dernieres victimes.

DIOCLÉTIEN.

Ah Dieux !

SERENA.

Je suis Chrétienne ; il est temps de parler.
Ma sœur l'est. Je l'étois : c'est trop te le celer.
Elle favorisoit ta lâche persidie ;
Voila ce qu'a produit la mort de Gabinie.

GALERIUS.

De Gabinie !

GABINIUS.

Helas !

SERENA.

Voila sa liberté,
Cesar, voila son sort, & sa tranquillité.

GALERIUS.

Ah Cruel !

CAMILLE.

C'est à moy, Cesar, qu'il s'en faut prendre.
J'ay demandé son sang, & je l'ay fait répandre.
(à Dioclet en.)
A peine ay-je donné vos ordres inhumains,

Qu'elle, à genoux, joignant ses innocentes mains,
Au Ciel, dont on alloit lui ravir la lumiere,
Pour moi, pour ses bourreaux adresse sa priere.
  Déja prêt à frapper, on voit le fer brillant;
Elle anime le bras qui le leve en tremblant.
Je voy partir le coup, & j'attache ma veüe
Sur sa tête sanglante à mes pieds abatuë.
  A cet instant fatal, je sens changer mon cœur;
Je sens évanoüir ma haine, ma fureur;
Je sens avec plaisir, dans mon ame attendrie,
Que j'envie en secret le sort de Gabinie.
Tout ce que des Chrétiens autrefois on m'apprit,
Se presente aussi-tôt en foule à mon esprit;
Je ne me connois plus, & leur zele m'enflâme;
Le Dieu qu'elle adoroit s'empare de mon ame,
Il m'anime, m'entraîne, & défillant mes yeux,
M'arrache pour toujours au culte des faux Dieux.
C'est vous en dire assez, Seigneur, je suis Chrétienne;
J'ai demandé sa mort, je demande la mienne.

GALERIUS.

C'en est fait. Sans mourir, Ciel! y puis-je penser?
Ah! barbare, quel sang avez-vous fait verser?
Sans nul égard pour moi, ni sans pitié pour elle,
Vous n'avez consulté qu'une haine cruelle.
Dans l'affreux desespoir qui regne dans mon cœur,
Je ne consulteray que ma seule fureur.

DIOCLETIEN.

Prenez donc la vengeance où votre cœur aspire.
Regnez, Galerius; j'abandonne l'Empire.
Ouy, regnez, regnez seul, & vangez-vous de moi.
Chassé par les Chrétiens enfin je m'aperçoi
Qu'il est temps que je cede aux horreurs qui m'éton-
        nent
Ouy, je voi que les Dieux eux-mêmes m'abandon-
        nent;
Et que las de regner sur les foibles mortels,
Au Démon des Chrétiens ils cedent leurs Autels.
Je dois ceder comme eux. Dans une paix profonde,

Je laisse deformais tous les Chrétiens du monde,
    Je leur ai fait la guerre autant que je l'ai pû.
Ouy, Démon des Chrétiens, enfin tu m'as vaincu ;
Tu veux regner dans Rome, eh bien, je me retire,
Je ne t'empêche plus d'y fonder ton Empire,
Je pars, je l'ai juré, je fui, c'est trop souffrir.
Salone m'a vû naître, & me verra mourir.

                                        Il sort.

                   G A L E R I U S.
Que n'as-tu fui plûtôt ? pourrai-je te survivre,
Gabinie ? Ah! courons la vanger, ou la suivre.
                   S E R E N A.
Et nous, en lui rendant les honneurs du tombeau,
Allons loüer le Ciel d'un triomphe si beau.

                   F I N.

BIBLIOTHEQUE NATIONALE DE FRANCE
3 7531 00615822 5